KENJI MIYAZAWA
COLLECTION

宮沢賢治コレクション 10

文語詩稿・短歌

詩 V

筑摩書房

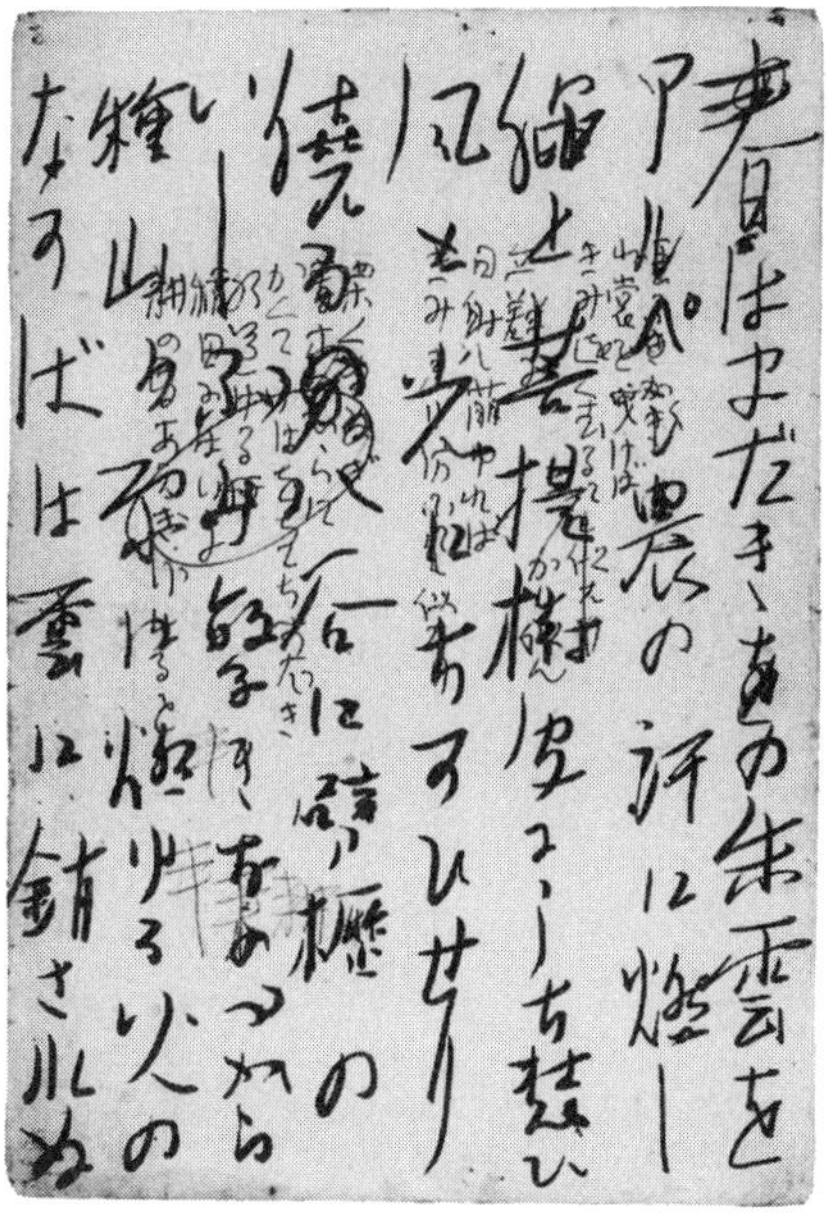

「種山ヶ原」習字稿
（〔雲ふかく　山裳を曳けば〕」下書稿（二）に重ね書き）

監修　天沢退二郎
入沢康夫
編集委員　栗原　敦
杉浦　静
編集協力　宮沢家
装画・挿画　千海博美
装丁　アルビレオ
口絵写真　「種山ヶ原」習字稿
（宮沢賢治記念館蔵）

目次

文語詩稿 五十篇

〔いたつきてゆめみなやみし〕 20
〔水と濃きなだれの風や〕 21
〔雪うづまきて日は温き〕 22
〔温く妊みて黒雲の〕 23
暁 24
上流 25
〔打身の床をいできたり〕 26
〔氷雨虹すれば〕 27
砲兵観測隊 28
〔盆地に白く霧よどみ〕 29
〔たそがれ思量惑くして〕 30
悍馬〔一〕 31
〔そのときに酒代つくると〕 32
〔月の鉛の雲さびに〕 33
〔こらはみな手を引き交へて〕 34
〔翔けりゆく冬のフエノール〕 35
退職技手 36
〔月のほのほをかたむけて〕 37
〔萌黄いろなるその頸を〕 38
〔氷柱かゞやく窓のべに〕 39

来賓　40
五輪峠　41
流氷　42
〔夜をま青き藺むしろに〕　43
〔あかつき眠るみどりごを〕　44
〔きみにならびて野にたてば〕　45
初七日　46
〔林の中の柴小屋に〕　47
〔水霜繁く霧たちて〕　48
〔あな雪か　屠者のひとりは〕　49
著者　50
〔ほのあかり秋のあぎとは〕　51
〔毘沙門の堂は古びて〕　52
雪の宿　53
〔川しろじろとまじはりて〕　55
風桜　57
萎花　58
〔秘事念仏の大師匠〕〔一〕　60
麻打　62
渓雨　63
〔血のいろにゆがめる月は〕　64
車中〔一〕　66
村道　67
〔さき立つ名誉村長は〕　68
〔僧の妻面膨れたる〕　70
〔玉蜀黍を播きやめ環にならべ〕　71

〔うからもて台地の雪に〕 73
〔残丘の雪の上に〕 74
民間薬 75
〔吹雪かゞやくなかにして〕 76

文語詩稿 一百篇 77

母 78
岩手公園 79
選挙 81
崖下の床屋 82
祭日〔一〕 84
保線工手 85
〔南風の頬に酸くして〕 86
種山ヶ原 87
ポランの広場 89
巡業隊 91
夜 93
医院 94
〔沃度ノニホヒフルヒ来ス〕 95
〔みちべの苔にまどろめば〕 98
〔二山の瓜を運びて〕 99
〔けむりは時に丘丘の〕 100
〔遠く琥珀のいろなして〕 102
心相 103

肖像　104
暁眠　105
旱倹　107
〔老いては冬の孔雀守る〕　108
老農　109
浮世絵　110
歯科医院　111
〔かれ草の雪とけたれば〕　112
退耕　114
〔白金環の天末を〕　115
早春　116
来々軒　117
林館開業　119
コバルト山地　120
旱害地帯　121
〔鐘うてば白木のひのき〕　123
早池峯山巓　124
社会主事　佐伯正氏　125
市日　126
廃坑　127
副業　128
紀念写真　129
塔中秘事　131
〔われのみみちにたゞしきと〕　132
朝　133
〔猥れて嘲笑めるはた寒き〕　134

岩頸列　135
病技師〔一〕　137
酸虹　138
柳沢野　139
軍事連鎖劇　140
峡野早春　141
短夜　142
〔水楢松にまじらふは〕　143
硫黄　145
二月　146
日の出前　147
岩手山巓　148
車中〔二〕　149
化物丁場　150
開墾地落上　151
〔鶯宿はこの月の夜を雪ふらし〕　152
公子　154
〔銅鑼と看板　トロンボン〕　155
〔古き勾当貞斉が〕　156
涅槃堂　157
悍馬〔二〕　158
巨豚　159
眺望　161
山躑躅　163
〔ひかりものすとうなゐごが〕　164
国土　165

〔塀のかなたに嘉莬治かも〕 166
四時 167
羅紗売 169
臘月 170
〔天狗蕈　けとばし了へば〕 171
牛 173
〔秘事念仏の大師匠〕〔二〕 174
〔廐肥をになひていくそたび〕 176
黄昏 177
式場 178
〔翁面　おもてとなして世経るなど〕 179
氷上 180
〔うたがふをやめよ〕 181
電気工夫 182
〔すゝきすがるゝ丘なみを〕 183
〔乾かぬ赤きチョークもて〕 184
〔腐植土のぬかるみよりの照り返し〕 185
中尊寺〔一〕 187
嘆願隊 188
〔一才のアルプ花崗岩を〕 189
〔小きメリヤス塩の魚〕 190
〔日本球根商会が〕 191
庚申 193
賦役 194
〔商人ら　やみていぶせきわれをあざみ〕 195
風底 196

〔雪げの水に涵されし〕 197
病技師〔二〕 198
〔西のあをじろがらん洞〕 199
卒業式 201
〔燈を紅き町の家より〕 202

文語詩未定稿 203

〔曇りてとざし〕 204
〔ひとびと酸き胡瓜を嚙み〕 204
〔こんにやくの〕 205
開墾地〔断片〕 206
〔しののめの春の鴇の火を〕 206
大菩薩峠の歌 207
田園迷信 208
樹園 209
隅田川 209
八戸 210
〔歳は世紀に曾って見ぬ〕 211
講后 212
電雲砲手 213
〔瘠せて青めるなが頰は〕 213
〔霧降る萓の細みちに〕 214
〔エレキに魚をとるのみか〕 215

〔われらが書に順ひて〕　215
幻想　216
〔われ聴衆に会釈して〕　217
春章作中判　218
〔ながれたり〕　219
〔弓のごとく〕　221
水部の線　222
〔卑屈の友らをいきどほろしく〕　222
〔われかのひとをこととふに〕　223
〔郡属伊原忠右エ門〕　223
〔まひるつとめにまぎらひて〕　224
〔洪積の台のはてなる〕　224
〔ゆがみつゝ月は出で〕　225
セレナーデ　恋歌　226
〔鷺はひかりのそらに餓ゑ〕　227
〔甘藍の球は弾けて〕　227
〔りんごのみきのはいのひかり〕　228
会計課　228
〔昤々としてひかれるは〕　229
職員室　229
〔つめたき朝の真鍮に〕　230
鳥百態　231
訓導　232
月天讃歌（擬古調）　233
〔雲を濾し〕　234
〔ま青きそらの風をふるはし〕　235

〔最も親しき友らにさへこれを秘して〕 236
〔月光の鉛のなかに〕 237
丘 237
恋 238
病中幻想 239
〔馬行き人行き自転車行きて〕 239
雪峡 240
機会 240
〔われらひとしく丘に立ち〕 241
黄泉路　アリイルスチュアール 241
〔たゞかたくなのみをわぶる〕 242
宅地 243
〔そのかたち収得に似て〕 243
〔青びかる天弧のはてに〕〔断片〕 244
〔いざ渡せかし　おいぼれめ〕 244
盛岡中学校 245
Romanzero 開墾 245
〔館は台地のはなれば〕 246
〔二川こゝにて会したり〕 246
百合を掘る 247
国柱会 248
〔なべてはしけく　よそほひて〕 249
〔雲ふかく　山裳を曳けば〕 249
僧園 250
釜石よりの帰り 250
祭日〔二〕 251

叔母枕頭　251
宗谷〔一〕　252
製炭小屋　252
宗谷〔二〕　253
〔棕梠の葉やゝに痙攣し〕　254
〔このみちの醸すがごとく〕　255
駅長　255
〔こはドロミット洞窟の〕　256
秘境　256
〔霜枯れのトマトの気根〕　257
〔雪とひのきの坂上に〕　258
〔鉛のいろの冬海の〕　258
小祠　259
対酌　260
不軽菩薩　261
〔聖なる窓〕　262
〔われはダルケを名乗れるものと〕　262
県道　263
〔かくまでに〕　263
隼人　264
〔せなうち痛み息熱く〕　265
〔ひとひははかなくことばをくだし〕　267
スタンレー探険隊に対する二人のコンゴー土人の演説　268
敗れし少年の歌へる　270
〔くもにつらなるでこぼこがらす〕　271
〔土をも掘らん汗もせん〕　271

〔あくたうかべる朝の水〕 272
中尊寺〔二〕 272
火渡り 273
〔こゝろの影を恐るなと〕 273
〔モザイク成り〕 274
〔夕陽は青めりかの山裾に〕 274
農学校歌 275
火の島（Weber 海の少女の譜） 276

歌稿 277

歌稿補遺 383

歌稿補遺 384
雑誌発表の短歌 393
書簡中の短歌（抄） 402
原稿断片等の中の短歌 410

本文について　栗原　敦 419

宮沢賢治コレクション10

文語詩稿・短歌

詩V

文語詩稿

文語詩稿　五十篇

〔いたつきてゆめみなやみし〕

いたつきてゆめみなやみし、　（冬なりき）誰《たれ》ともしらず、
そのかみの高麗《こま》の軍楽、　うち鼓《こ》して過《よ》ぎれるありき。
その線の工事了《をは》りて、　あるものはみちにさらばひ、
あるものは火をはなつてふ、　かくてまた冬はきたりぬ。

〔水と濃きなだれの風や〕

水と濃きなだれの風や、　むら鳥のあやなすすだき、
アスティルべきらめく露と、　ひるがへる温石《をんじやく》の門。

海浸《ひた》す日より棲《す》みゐて、　たゝかひにやぶれし神の、
二かしら猛《たけ》きすがたを、　青々と行衛《ゆくゑ》しられず。

〔雪うづまきて日は温《ぬる》き〕

雪うづまきて日は温き、　萱《かや》のなかなる荼毘《だび》壇に、
県議院殿《ゐんでん》大居士の、　柩《ひつぎ》はしづとおろされぬ。
紫綾《むらさきあや》の大法衣《はふえ》、　逆光線に流れしめ、
六道いまは分るらん、　あるじの徳を讃《たた》へけり。

〔温《ぬる》く妊《はら》みて黒雲の〕

温く妊みて黒雲の、　野ばらの藪《やぶ》をわたるあり、
あるひはさらにまじらひを、　求むと土を這《は》へるあり。
からす麦かもわが播《ま》けば、　ひばりはそらにくるほしく、
ひかりのそこにもそもそと、　上着は肩をやぶるらし。

暁

さきは夜を截《き》るほとゝぎす、
小鳥の群をさきだてゝ、
醒《さ》めたるまゝを封介の、
けじろき水のちりあくた、

やがてはそらの菫《すみれ》いろ、
かくこう樹々をどよもしぬ。
憤《いか》りほのかに立ちいでゝ、
もだして馬の指竿《させ》とりぬ。

上流

秋立つけふをくちなはの、
沼面《ぬまも》はるかに泳ぎ居て、
水ぎぼうしはむらさきの、
花穂《くわすい》ひとしくつらねけり。

いくさの噂《うは》さしげければ、
蘆刈《あしかり》びともいまさらに、
暗き岩頸《がんけい》風の雲、
天のけはひをうかゞひぬ。

〔打身の床《とこ》をいできたり〕

打身の床をいできたり、　箱の火《ひ》鉢《ばち》にうちゐれば、
人なき店のひるすぎを、　雪げの川の音すなり。

粉のたばこをひねりつゝ、　見あぐるそらの雨もよひ、
蛎殻町《かきがら》のかなたにて、　人らほのかに祝ふらし。

〔氷雨虹《ひさめにじ》すれば〕

氷雨虹すれば、　時針盤たゞに明るく、
病《いたつき》の今朝やまされる、　青き套《たう》門を入るなし。

二限わがなさん、　公《きみ》五時を補ひてんや、
火をあらぬひのきづくりは、　神祝《かむほぎ》にどよもすべけれ。

砲兵観測隊

（ばかばかしきよかの邑《むら》は、　よべ屯《たむろ》せしクゾなるを）
ましろき指はうちふるひ、　銀のモナドはひしめきぬ。
（いな見よ東かれらこそ、　古き火薬を燃し了《を》へぬ）
うかべる雲をあざけりて、　ひとびと丘を奔《は》せくだりけり。

〔盆地に白く霧よどみ〕

盆地に白く霧よどみ、　めぐれる山のうら青を、
稲田の水は冽《さむ》くして、　花はいまだにをさまらぬ。

窓五つなる学校《まなびや》に、　さびしく学童《こ》らをわがまてば、
藻を装へる馬ひきて、　ひとびと木炭《すみ》を積み出《い》づる。

〔たそがれ思《し》量《りよう》惑《くら》くして〕

たそがれ思量惑くして、　銀屏流沙《ぎんびやうるさ》とも見ゆるころ、
堂は別時の供養《くやう》とて、　盤鉦木鼓《ばんしやうもくこ》しめやかなり。
頬《ほほ》青き僧ら清らなるテノールなし、　老いし請僧《しやうそう》時々に、
バスなすことはさながらに、　風葱嶺《かぜそうれい》に鳴るがごとし。
時しもあれや松の雪、　をちこちどど落ちたれば、
室《へや》ぬちとみに明るくて、　品《ほん》は四請《ししやう》を了《を》へにけり。

悍《かん》馬《ば》〔一〕

毛布《けつと》の赤に頭《づ》を縛《むす》び、
陀羅尼《だらに》をまがふことばもて、
罵《のの》りかはし牧人《まきびと》ら、
貴《たふと》きアラヴの種馬の、
息あつくしていばゆるを、
まもりかこみてもろともに、
雪の火山の裾野《すその》原《はら》、
赭《あか》き柏《かしは》を過ぎくれば、
山はいくたび雲翳《くもかげ》の、
藍《あゐ》のなめくじ角《つの》のべて、
おとしけおとしいよいよに、
馬を血馬《けつば》となしにけり。

〔そのときに酒代《さかて》つくると〕

そのときに酒代つくると、　夫《つま》はまた裾野《すその》に出《い》でし。
そのときに重瞳《ちょうどう》の妻《め》は、　はやくまた闇を奔《はし》りし。
柏原《かしはばら》風とゞろきて、　さはしぎら遠く喚《よば》ひき。
馬はみな泉を去りて、　山ちかくつどひてありき。

〔月の鉛の雲さびに〕

月の鉛の雲さびに、　みたりあやつり行き過ぎし、
魚《うを》や積みけんトラックを、　青かりしやとうたがへば、
松の梢《こずゑ》のほのびかり、　霰《あられ》にはかにそゝぎくる。

〔こらはみな手を引き交《か》へて〕

こらはみな手を引き交へて、　巨《おほ》けく蒼《あを》きみなかみの、
つつどり声をあめふらす、　水《み》なしの谷に出で行きぬ。

廐《うまや》に遠く鐘鳴りて、　さびしく風のかげろへば、
小さきシャツはゆれつゝも、　こらのおらびはいまだ来ず。

〔翔《か》けりゆく冬のフエノール〕

翔けりゆく冬のフエノール、　ポプラとる黒雲の椀《わん》。

留学の序《じよ》を憤《いきどほ》り、　中庭にテニス拍《う》つ人。

退職技手

こぞりてひとを貶《おと》しつゝ、　わかれうたげもすさまじき、
おのれこよひは暴《あ》れんぞと、　青き瓶袴《へいこ》も惜しげなく、
籾緑金《もみりよくきん》に生えそめし、　代《しろ》にひたりて田螺《たにし》ひろへり。

〔月のほのほをかたむけて〕

月のほのほをかたむけて、水杵《きね》はひとりありしかど、
搗《つ》けるはまこと喰《は》みも得ぬ、渋きこならの実なりけり。

さらばとみちを横ぎりて、
祈るがごとき月しろに、
束《たば》せし廏肥《こえ》の幾十《いくそ》つら、
朽《く》ちしとぼそをうかゞひぬ。

まどろむ馬の胸にして、
山の焼畑《やきはた》　石の畑、
おぼろに鈴は音《ね》をふるひ、
人もはかなくうまゐしき。

人なき山彙《やま》の二日路《ふつかぢ》を、
塩のうるゐの茎嚙《か》みて、
夜さりはせ来し酉蔵《とり》は、
ふたゝび遠く遁《のが》れけり。

〔萌黄《もえぎ》いろなるその頸《くび》を〕

萌黄いろなるその頸を、　直くのばして吊《つ》るされつ、
吹雪きたればさながらに、　家鴨《あひる》は船のごとくなり。

絣合羽《かすりがつぱ》の巡礼に、　五厘報謝《ごりんほうしや》の夕まぐれ、
わかめと鱈《たら》に雪つみて、　鮫《さめ》の黒身も凍りけり。

〔氷柱《つらら》かゞやく窓のべに〕

氷柱かゞやく窓のべに、　「獺《うそ》」とよばるゝ主幹ゐて、
横めきびしく扉《ドア》を見る。

赤き九谷《くたに》に茶をのみて、　片頰《かたほ》ほゝえむ獺主幹、
つらゝ雫《しづく》をひらめかす。

来賓

狩衣黄《かりぎぬき》なる別当は、　眉《まゆ》をけはしく茶をのみつ。
袴羽織《はかまはおり》のお百姓、　ふたり斉《ひと》しく茶をのみつ。
窓をみつめて校長も、　たゞひたすらに茶をのみつ。
しやうふを塗《ぬ》れるガラス戸を、　学童《こ》らこもごもにのぞきたり。

五《ご》輪《りん》峠

五輪峠と名づけしは、　地輪水輪また火風、
(巌《いはほ》のむらと雪の松)　峠五つの故ならず。

ひかりうづまく黒の雲、　ほそぼそめぐる風のみち、
苔《こけ》蒸す塔のかなたにて、　大野青々みぞれしぬ。

流《ザ》氷《エ》

はんのきの高き梢《うれ》より、
汽車はいまや、にたゆたひ、
見はるかす段丘の雪、
天青石《アツライト》まぎらふ水は、

あゝきみがまなざしの涯《はて》、
もろともにあらんと云《い》ひし、
南《みなみ》はも大野のはてに、
日は白くみなそこに燃え、

きらゝかに氷華《ひようくわ》をおとし、
北上のあしたをわたる。
なめらかに川はうねりて、
百千の流氷を載せたり。

うら青く天盤は澄み、
そのまちのけぶりは遠き。
ひとひらの吹雪わたりつ、
うららかに氷はすべる。

〔夜をま青き藺《ゐ》むしろに〕

夜をま青き藺むしろに、　ひとびとの影さゆらげば、
遠き山ばた谷のはた、　たばこのうねの想《おも》ひあり。

夏のうたげにはべる身の、　声をちゞれの髪をはぢ、
南かたぶく天《あま》の川、　ひとりたよりとすかし見る。

〔あかつき眠るみどりごを〕

あかつき眠るみどりごを、　ひそかに去りて小店さき、
しとみ上ぐれば川音や、　霧はさやかに流れたり。

よべの電燈《あかり》をそのまゝに、　ひさげのこりし桃の顆《み》の、
アムスデンジュンいろ紅《あか》き、　ほのかに映《は》えて熟るるらし。

〔きみにならびて野にたてば〕

きみにならびて野にたてば、　風きららかに吹ききたり、
柏《かしは》ばやしをとゞろかし、　枯葉《かれは》を雪にまろばしぬ。

げにもひかりの群青《ぐんじやう》や、　山のけむりのこなたにも、
鳥はその巣やつくろはん、　ちぎれの草をついばみぬ。

初《しよ》七《なの》日《か》

落雁と黒き反り橋、　かの児《こ》こそ希《ねが》ひしものを。
あゝくらき黄泉路《よみぢ》の巌《いは》に、　その小《ちさ》き掌《て》もて得なんや。
木綿《ゆふ》つけし白き骨箱《こつばこ》、　哭《な》き喚《よ》ぶもけはひあらじを。
日のひかり煙を青み、　秋風に児らは呼び交《か》ふ。

〔林の中の柴《しば》小屋に〕

林の中の柴小屋に、　醸《かも》し成りたる濁り酒、　一筒汲みて帰り来し、
むかし誉《ほま》れの神童は、　面青膨《おもあをぶく》れて眼《まみ》ひかり、　秋はかたむく山里を、
どてら着て立つ風の中。　西は縮れて雲傷《いた》み、　青き大野のあちこちに、
雨かとそゝぐ日のしめり、　こなたは古《ふ》りし苗代《なはしろ》の、　刈敷朽《かりしきく》ちぬと水黝《くろ》き、
なべて丘にも林にも、　たゞ鳴る松の声なれば、　あはれさびしと我家の、
門立ち入りて白壁も、　落ちし土蔵の奥二階、　梨《なし》の葉かざす窓べにて、
筒のなかばを傾けて、　その歯に風を吸ひつゝも、　しばしをしんとものおもひ、
夜に日をかけて工《たく》み来し、　いかさまさいをぞ手にとりにける。

〔水《みづ》霜《しも》繁《しげ》く霧たちて〕

水霜繁く霧たちて、　すすきは濡《そほ》ぢ幾そたび、
馬はこむらをふるはしぬ。
（荷《に》縄《なは》を投げよはや荷縄）

雉子《きぎす》鳴くなりその雉子、　人なき家の暁を、
歩み漁《あさ》りて叫ぶらし。

〔あな雪か　屠《と》者《しや》のひとりは〕

「あな雪か。」屠者のひとりは、　みなかみの闇をすかしぬ。
車押すみたりはうみて、　えらひなく橋板ふみぬ。
「雉《きじ》なりき青く流れし。」　声またもわぶるがごとき。
落合《おちあひ》に水の声して、　老いの屠者たゞ舌打ちぬ。

著者

造園学のテキストに、　　おのれが像を百あまり、
著者の原図と銘《めい》うちて、　かゝげしことも夢なれやと、
青き夕陽の寒天や、　　U字の梨のかなたより、
革の手袋はづしつゝ、　　しづにをくびし歩みくる。

〔ほのあかり秋のあぎとは〕

ほのあかり秋のあぎとは、　ももどりのねぐらをめぐり、
官《つかさ》の手からくのがれし、　社司《しやし》の子のありかを知らず。

社殿《しやでん》にはゆふべののりと、　ほのかなる泉の声や、
そのははことなきさまに、　しらたまのもちひをなせる。

〔毘《び》沙《しや》門《もん》の堂は古びて〕

毘沙門の堂は古びて、　　梨白く花咲きちれば、
胸疾《や》みてつかさをやめし、　　堂守《どうもり》の眼《まなこ》やさしき。

中ぞらにうかべる雲の、　　蓋《がい》やまた椀《まり》のさまなる、
川水はすべりてくらく、　　草火のみほのに燃えたれ。

雪の宿

ぬさをかざして山つ祇《かみ》、　舞ふはぶらいの町の書記、
うなじはかなく瓶《へい》とるは、　峡《かひ》には一のうためなり。
をさけびたけり足ぶみて、　をどりめぐれるすがたゆゑ、
老いし博士《はくし》や郡長《こをりをさ》、　や、凄涼《せいりやう》のおもひなり。
月や出《い》でにし雪青み、　をちこち犬の吠《ほ》ゆるころ、
舞ひを納めてひれふしつ、　罪乞《こ》ふさまにみじろがず。

あなや否《いな》とよ立てきみと、　博士が云《い》へばたちまちに、
けりはねあがり山つ祇《かみ》、　をみなをとりて消えうせぬ。

〔川しろじろとまじはりて〕

川しろじろとまじはりて、　うたかたしげきこのほとり、
病《いた》きつかれわが行けば、　そらのひかりぞ身を責むる。
宿世《すくせ》のくるみはんの毬《まり》、　干《ひ》割《わ》れて青き泥岩《でいがん》に、
はかなきかなやわが影の、　卑しき鬼をうつすなり。
蒼茫《さうばう》として夏の風、　草のみどりをひるがへし、
ちらばる蘆《あし》のひら吹きて、　あやしき文字を織りなしぬ。

生きんに生きず死になんに、　得《え》こそ死なれぬわが影を、
うら濁る水はてしなく、　さゝやきしげく洗ふなり。

風　桜

風にとぎるゝ雨脚《あまあし》や、
みだらにかける雲のにぶ。

まくろき枝もうねりつゝ、
さくらの花のすさまじき。

あたふた黄ばみ雨を縫《ぬ》ふ、
もずのかしらのまどけきを。

いよよにどよみなみだちて、
ひかり青らむ花の梢《うれ》。

萎《しぼみ》花

酒精《しゆせい》のかほり硝銀《せうぎん》の、
大展覧の花むらは、
そは牛飼ひの商ひの、
さこそつちかひはぐくみし、
声さやかなるをとめらは、
高木検事もホップ嚙《か》む、

肌膚《きふ》灼《や》くにほひしかもあれ、
夏夜あざらに息づきぬ。
はた鉄うてるもろ人の、
四百《しひやく》の花のランプなり。
おのおのよきに票を投げ、
にがきわらひを頰《ほ》になしき。

卓をめぐりて会長が、　メダルを懸《か》くる午前二時、
カクタス、ショウをおしなべて、　花はうつゝもあらざりき。

〔秘事念仏の大師匠《おほししやう》〕〔一〕

秘事念仏の大師匠、　元真斉《げんしんさい》は妻子《つまこ》して、
北上岸にいそしみつ、　いまぞ昼餉《ひるげ》をしたゝむる。

卓のさまして緑なる、　小松と紅《あか》き萱《かや》の芽と、
雪げの水にさからひて、　まこと睡《ねむ》たき南かぜ。

むしろ帆張りて酒船の、　ふとあらはるゝまみまじか、
をのこは三たり舷《ふなばた》に、　こちを見おろし見すくむる。

元真斉はやるせなみ、　眼《まなこ》をそらす川のはて、
塩の高菜《たかな》をひた嚙《か》めば、　妻子もこれにならふなり。

麻打

楊葉《やなぎば》の銀とみどりと、　はるけきは青らむけぶり。
よるべなき水素の川に、　ほとほとと麻苧《あさを》うつ妻。

潨雨《かだち》

潨雨そゝげば新墾《にひはり》の、　まづ立ちこむるつちけむり。
湯気のぬるきに人たちて、　故なく憤《いか》る身は暗し。
すでに野ばらの根を浄《きよ》み、　蟻《あり》はその巣をめぐるころ。
杉には水の幡《はた》かゝり、　しぶきほのかに拡《ひろ》ごりぬ。

〔血のいろにゆがめる月は〕

血のいろにゆがめる月は、　今宵《こよひ》また桜をのぼり、

患者たち廊《らう》のはづれに、　凶事《まがごと》の兆《きざし》を云《い》へり。

木がくれのあやなき闇を、　声細くいゆきかへりて、

熱植ゑし黒き綿羊《めんやう》、　その姿いともあやしき。

月しろは鉛糖《えんたう》のごと、　柱列《ちゆうれつ》の廊をわたれば、

コカインの白きかほりを、　いそがしくよぎる医師あり。

しかもあれ春のをとめら、　なべて且《か》つ耐えほゝえみて、
水銀の目盛を数へ、　玲瓏《れいろう》の氷を割《さ》きぬ。

車中〔一〕

夕陽の青き棒のなかにて、　開化郷士《かいくわがうし》と見ゆるもの、
葉巻のけむり蒼茫《さうばう》と、　森槐南《もりくわいなん》を論じたり。
開化郷士と見ゆるもの、　いと清純とよみしける、
寒天光《かんてんくわう》のうら青《あを》に、　おもてをかくしひとはねむれり。

村道

朝日かゞやく水仙を、
あたまひかりて過ぎ行くは、
影と並木のだんだらを、
売り酒のみて熊之進《くまのしん》、

になひてくるは詮之助《せんのすけ》、
枝を杖つく村老《そんらう》ヤコブ。
犬レオナルド足織れば、
赤眼に店をばあくるなり。

〔さき立つ名誉村長は〕

さき立つ名誉村長は、　　寒煙毒《かんえんどく》をふくめるを、
豪気《がうき》によりて受けつけず。
次なる沙弥《しやみ》は顱《ろ》を円《まる》き、　　猫毛の帽に護りつゝ、
その身は信にゆだねたり。
三なる技師は徳薄く、　　すでに過冷のシロッコに、
なかば気管をやぶりたれ。

最后《ご》に女訓導《くんだう》は、　　ショールを面に被《おほ》ふれば、
アラーの守りあるごとし。

〔僧の妻面膨《ふく》れたる〕

僧の妻面膨れたる、　　飯盛《めしも》りし仏器《ぶつき》さゝげくる。

（雪やみて朝日は青く、　　かうかうと僧は看経《かんきん》。）

寄進札《きしんふだ》そゞろに誦《よ》みて、　　僧の妻庫裡《くり》にしりぞく。

（いまはとて異《い》の銅鼓《どうこ》うち、　　晨光《しんくわう》はみどりとかはる。）

〔玉蜀黍《きみ》を播《ま》きやめ環《わ》にならべ〕

「玉蜀黍を播きやめ環にならべ、
開所の祭近ければ、
さんさ踊りをさらひせん。」
技手農婦らに令しけり。
野は野のかぎりめくるめく、
まひるをひとらうちをどる、
青きかすみのなかにして、
袖《そで》をかざしてうちをどる。
さあれひんがし一つらの、
うこんざくらをせなにして、
所長中佐は胸たかく、
野面《のづら》はるかにのぞみゐる。

「いそぎひれふせ、ひざまづけ、　みじろがざれ。」と技手云《い》へば、
種子やまくらんいこふらん、　ひとらかすみにうごくともなし。

〔うからもて台地の雪に〕

うからもて台地の雪に、　部落《シユク》なせるその杜《もり》黝《くろ》し。

曙人《とほつおや》、馮《の》りくる児《こ》らを、　穹窿《きうりう》ぞ光りて覆《おほ》ふ。

〔残丘《モナドノック》の雪の上《へ》に〕

残丘の雪の上に、
二すじうかぶ雲ありて、
誰かは知らねサラアなる、
女《ひと》のおもひをうつしたる。

信をだになほ装へる、
よりよき生へのこのねがひを、
なにとてきみはさとり得《え》ぬと、
しばしうらみて消えにけり。

民間薬

たけしき耕《かう》の具を帯びて、　羆熊《ひぐま》の皮は着たれども、
夜に日をつげる一月《ひとつき》の、　干泥《ひどろ》のわざに身をわびて、
しばしましろの露置ける、　すぎなの畔《あぜ》にまどろめば、
はじめは額《ぬか》の雲ぬるみ、　鳴きかひめぐるむらひばり、
やがては古き巨人《おほびと》の、　石の匙《さじ》もて出できたり、
ネプウメリてふ草の葉を、　薬に食《は》めとをしへけり。

〔吹雪かゞやくなかにして〕

吹雪かゞやくなかにして、　まことに犬の吠《ほ》え集りし。

燃ゆる吹雪のさなかとて、　妖《あや》しき眸《ひとみ》をなせるものかな。

文語詩稿　一百篇

母

雪袴《ゆきばかま》黒くうがちし　うなゐの子瓜食《うりは》みくれば
風澄めるよもの山はに　うづまくや秋のしらくも

その身こそ瓜も欲《ほ》りせん　齢弱《としわか》き母にしあれば
手すさびに紅《あか》き萱穂《かやぼ》を　つみつどへ野をよぎるなれ

岩手公園

「かなた」と老いしタピングは、
東はるかに散乱の、
なみなす丘はぼうぼうと、
大学生のタピングは、
老いたるミセスタッピング、
中学生の一組に、

杖をはるかにゆびさせど、
さびしき銀は声もなし。
青きりんごの色に暮れ、
口笛軽く吹きにけり。
「去年《こぞ》なが姉はこゝにして、
花のことばを教へしか。」

弧光燈《アークライト》にめくるめき、
川と銀行木のみどり、

羽虫の群のあつまりつ、
まちはしづかにたそがるゝ。

選挙

はじめの駑馬《うま》をやらふもの
（もつて二十を贏《か》ち得んや）
雪うち嚙《か》める次の騎者
（さらに五票もかたからず）
その馬弱くまだらなる
（いかにやさらば太兵衛一族《まき》）
懼《おそ》る丶声はそらにあり
（いなうべがはじうべがはじ）

崖下の床屋

あかりを外《そ》れし古かゞみ、　客あるさまにみまもりて、
啞《おし》の子鳴らす空鋏《からばさみ》。

かゞみは映す崖のはな、　ちさき祠《ほこら》に蔓《つる》垂れて、
三日月凍る銀斜子《なゝこ》。

沍《いて》たつ泥をほとほとと、　かまちにけりて支店長、
玻璃戸《はりど》の冬を入り来る。

のれんをあげて理髪技士、　白き衣をつくろひつ、
弟子の鋏をとりあぐる。

祭日〔一〕

谷権現《たにごんげん》の祭りとて、　麓《ふもと》に白き幟《のぼり》たち、
むらがり続く丘丘に、　鼓《こ》の音《ね》の数のしどろなる。
穎花《はな》青じろき稲むしろ、　水路のへりにたゞずみて、
朝の曇りのこんにやくを、　さくさくさくと切りにけり。

保線工手

狸《マミ》の毛皮を耳にはめ、
シャブロの束に指組みて、
うつろふ窓の雪のさま、
黄なるまなこに泛《うか》べたり。

雪をおとして立つ鳥に、
妻がけはひのしるければ、
仄《ほの》かに笑まふたまゆらを、
松は畳めり風のそら。

〔南風の頰《ほほ》に酸くして〕

南風の頰に酸くして、　シェバリエー青し光芒《くわうばう》。
天翔《あまがけ》る雲のエレキを、　とりも来て蘇《そ》しなんや、いざ。

種山ヶ原

春はまだきの朱雲《あけぐも》を
アルペン農の汗に燃し
縄と菩提樹皮《マダカ》にうちよそひ
風とひかりにちかひせり

繞《めぐ》る八谷に劈櫪《へきれき》の
いしぶみしげきおのづから

種山ヶ原に燃ゆる火の
なかばは雲に鎖《とざ》さるゝ

ポランの広場

つめくさ灯ともす　宵の広場
むかしのラルゴを　うたひかはし
雲をもどよもし　夜風にわすれて
とりいれまじかに　歳よ熟《う》れぬ

組合理事らは　藁《わら》のマント
山猫博士は　かはのころも

醸《かも》せぬさかづき　その数しらねば
はるかにめぐりぬ　射手《いて》や蠍《さそり》

巡業隊

霜のまひるのはたごやに、　がらすぞうるむ一瓶《びん》の、
酒の黄なるをわかちつゝ、　そゞろに錫《すず》の笛吹ける。
すがれし大豆《まめ》をつみ累《かさ》げ、　よぼよぼ馬の過ぎ行くや、
風はのぼりをはためかし、　障子の紙に影刷《は》きぬ。
ひとりかすかに舌打てば、　ひとりは古きらしや鞄《かばん》、
黒きカードの面反《おもぞ》りの、　わびしきものをとりいづる。

さらにはげしく舌打ちて、　長《をさ》ぞまなこをそらしぬと、
楽手はさびしだんまりの、　投げの型してまぎらかす。

夜

はたらきまたはいたつきて、　もろ手ほてりに耐えざるは、
おほかた黒の硅板岩礫《イキイシ》を、　にぎりてこそはまどろみき。

医院

陶標《たうへう》春をつめたくて、
水松《いちゐ》も青く冴《さ》えそめぬ。
水うら濁る島の苔《こけ》、
萱《かや》屋に玻璃《はり》のあえかなる。
瓶《へい》をたもちてうなゐらの、
みたりためらひ入りくるや。
神農《しんのう》像に饌《け》ささぐと、
学士はつみぬ蕗《ふき》の薹《たう》。

〔沃度《ヨード》ノニホヒフルヒ来《コ》ス〕

沃度ノニホヒフルヒ来ス、　青貝山ノフモト谷、
荒レシ河原ニヒトモトノ、　辛夷《コブシ》ハナ咲キ立チニケリ。
モロビト山ニ入ラントテ、　朝明《アサケ》ヲココニ待チツドヒ、
或ヒハ鋸《ノコ》ノ目ヲツクリ、　アルハタバコヲノミニケリ。
青キ朝日ハコノトキニ、　ケブリヲノボリユラメケバ、
樹ハサウサウト燃エイデテ、　カナシキマデニヒカリタツ。

カクテアシタハヒルトナリ、　水音イヨヨシゲクシテ、
鳥トキドキニ群レタレド、　ヒトノケハヒハナカリケリ。
雲ハ経紙《キヤウシ》ノ紺ニ暮レ、　樹ハカグロナル山山ニ、
梢《コズエ》螺鈿《ラデン》ノサマナシテ、　コトトフコロトナリニケリ。
ツカレノ銀ヲクユラシテ、　モロ人谷ヲイデキタリ、
ココニ二タビ口《クチ》ソソギ、　セナナル荷ヲバトトノヘヌ。
ソハヒマビマニトリテ来シ、　木ノ芽ノ数ヲトリカハシ、

アルヒハ百合ノ五塊《イツタマ》ヲ、　ナガ大母《オホハハ》ニ持テトイフ。
ヤガテ高木モ夜トナレバ、　サラニアシタヲ云《い》ヒカハシ、
ヒトビトオノモ松ノ野ヲ、　ワギ家《へ》ノカタヘイソギケリ。

〔みちべの苔《こけ》にまどろめば〕

みちべの苔にまどろめば、　日輪そらにさむくして、
わづかによどむ風くまの、　きみが頬《ほほ》ちかくあるごとし。
まがつびここに塚ありと、　おどろき離《か》るゝこの森や、
風はみそらに遠くして、　山なみ雪にたゞあえかなる。

〔二山の瓜《うり》を運びて〕

二山の瓜を運びて、　舟いだす酒のみの祖父《ぢゞ》。
たなばたの色紙購《か》ふと、　追ひすがる赤髪《け》のうなゐ。
ま青《さを》なる天弧の下を、　きららかに町はめぐりつ。
ここにして集へる川の、　はてしなみ萌《も》ゆるうたかた。

〔けむりは時に丘丘の〕

けむりは時に丘丘の、　栗《くり》の赤葉《あかば》に立ちまどひ、
あるとき黄なるやどり木は、　ひかりて窓をよぎりけり。
（あはれ土耳古玉《タキス》のそらのいろ、　かしこいづれの天なるや）
（かしこにあらずこゝならず、　われらはしかく習ふのみ。）
（浮屠《ふと》らも天を云《い》ひ伝へ、　三十三を数ふなり、
上《かみ》の無色《むしき》にいたりては、　光、思想を食《は》めるのみ。）

そらのひかりのきはみなく、　ひるのたびぢの遠ければ、
をとめは餓《う》えてすべもなく、　胸なる珞《たま》をゆさぶりぬ。

〔遠く琥珀《こはく》のいろなして〕

遠く琥珀のいろなして、　春べと見えしこの原は、
枯草《くさ》をひたして雪げ水、　さゞめきしげく奔《はし》るなり。
峯には青き雪けむり、　裾《すそ》は柏《かしは》の赤ばやし、
雪げの水はきらめきて、　たゞひたすらにまろぶなり。

心相

こころの師とはならんとも、　こころを師とはなさざれと、
いましめ古《ふ》りしさながらに、　たよりなきこそこゝろなれ。

はじめは潜む蒼穹《さうきう》に、　あはれ鵞王《がわう》の影供《えいぐ》ぞと、
面《おも》さへ映《は》えて仰ぎしを、　いまは酸《す》えしておぞましき、
澱粉堆《でんぷんたい》とあざわらひ、
いたゞきすべる雪雲を、　腐《くだ》せし馬鈴薯《いも》とさげすみぬ。

肖像

朝のテニスを慨《なげか》ひて、　額は貢《たか》し　雪の風。

入りて原簿を閲《けみ》すれば、　その手砒《ひ》硫《りう》の香にけぶる。

暁《げう》眠《みん》

微《かそ》けき霜のかけらもて、
街の燈《あかり》の黄のひとつ、
そは瞳《まみ》ゆらぐ翁面《をきなめん》、
かのうらぶれの贋《いか》物師、
写楽《しやらく》が雲母《きら》を揉《も》み削《こそ》げ、
春はちかしとしかすがに、

西風ひばに鳴りくれば、
ふるえて弱く落ちんとす。
おもてとなして世をわたる、
木藤《きどう》がかりの門《かど》なれや。
芭蕉《ばせう》の像にけぶりしつ、
雪の雲こそかぐろなれ。

ちいさきびやうや失ひし、　あかりまたたくこの門に、
あしたの風はとどろきて、　ひとははかなくなほ眠るらし。

旱《かん》倹《けん》

雲の鎖やむら立ちや、
森はた森のしろけむり、
鳥はさながら禍津日《まがつび》を、
はなるとばかり群れ去りぬ。

野を野のかぎり旱《ひ》割れ田の、
白き空穂《うつぼ》のなかにして、
術《すべ》をもしらに家長たち、
むなしく風をみまもりぬ。

〔老いては冬の孔《く》雀《じやく》守《も》る〕

老いては冬の孔雀守る、　蒲《がま》の脛巾《はばき》とかはごろも、
園の広場の午后《ご》二時は、　湯管《くだ》のむせびたゞほのか。
あるひはくらみまた燃えて、　降りくる雪の縞《しま》なすは、
さは遠からぬ雲影の、　日を越し行くに外ならず。

老農

火雲《ほぐも》むらがり翔《と》べば、
そのまなこはばみてうつろ。
火雲あつまり去れば、
麦の束遠く散り映《は》ふ。

浮世絵

ましろなる塔の地階に、　さくらばなけむりかざせば、
やるせなみプジェー神父は、　とりいでぬにせの赤富士。
青瓊《ぬ》玉かゞやく天に、　れいらうの瞳をこらし、
これはこれ悪業《あくか》乎栄光《さかえか》乎、　かざすます北斎の雪。

歯科医院

ま夏は梅の枝青く、　風なき窓を往く蟻《あり》や、
碧空《そら》の反射のなかにして、　うつつにめぐる鑿《のみ》ぐるま。

浄《きよ》き衣《きぬ》せしたはれめの、　ソーファによりてまどろめる、
はてもしらねば磁気嵐、　かぼそき肩ををののかす。

〔かれ草の雪とけたれば〕

かれ草の雪とけたれば
裾野《すそ》はゆめのごとくなり
みぢかきマント肩はねて
濁酒《だくしゅ》をさぐる税務吏《り》や
はた兄弟の馬喰《ばくらう》の
鶯《うぐひす》いろによそほへる
さては「陰気の狼《おほかみ》」と

あだなをもてる三百も
みな恍惚《くわうこつ》とのぞみゐる

退耕

ものなべてうち訝《いぶか》しみ、　こゑ粗《あら》き朋《とも》らとありて、
黄の上着ちぎるゝまゝに、　栗の花降りそめにけり。
演奏会《リサイタル》せんとのしらせ、　いでなんにはや身ふさはず、
豚《ゐのこ》はも金毛となりて、　はてしらず西日に駈《か》ける。

〔白金環《はくきんかん》の天末を〕

白金環の天末を、　みなかみ遠くめぐらしつ、
大煙突はひさびさに、　くろきけむりをあげにけり。
けむり停《とど》まるみぞれ雲、　峡《かひ》を覆ひてひくければ、
大工業の光景《さま》なりと、　技師も出でたち仰ぎけり。

早春

黒雲峡《かひ》を乱れ飛び　技師ら亜炭の火に寄りぬ
げにもひとびと崇《あが》むるは　青き Gossan 銅の脈
わが索《もと》むるはまことのことば
雨の中なる真言《しんごん》なり

来々軒

浙江《せつかう》の林光文《りんくわうぶん》は、
かゞやかにまなこ瞠《みひら》き、
そが弟子の足をゆびさし、
凜《りん》としてみじろぎもせず。
ちゞれ雲西に傷《いた》みて、
いささかの粉雪ふりしき、
警察のスレートも暮れ、
売り出しの旗もわびしき。
むくつけき犬の入り来て、
ふつふつと釜はたぎれど、
額《ぬか》青き林光文は、
そばだちてまじろぎもせず。

もろともに凍れるごとく、
雪しろきまちにしたがひ、

もろともに刻めるごとく、
たそがれの雲にさからふ。

林館開業

凝灰岩《タフ》もて畳み杉植ゑて、　麗姝六七《れいしゆろくしち》なまめかし、
南銀河と野の黒に、　その牖々《まどまど》をひらきたり。

数寄《すき》の光壁《くわうへき》更たけて、　千の鱗翅《りんし》と鞘翅目《せうしもく》、
直翅《ちよくし》の輩《はい》はきたれども、　公子《こうし》訪《と》へるはあらざりき。

コバルト山地

なべて吹雪のたえまより、　　はたしらくものきれまより、

コバルト山地山肌の、　　ひらめき酸《す》えてまた青き。

旱《かん》害《がい》地帯

多くは業にしたがひて　指うちやぶれ眉《まゆ》くらき
学びの児《こ》らの群なりき
花と侏儒《しゆじゆ》とを語れども　刻めるごとく眉くらき
稔《みの》らぬ土の児らなりき
……村に県《あがた》にかの児らの　二百とすれば四《し》万人《まんにん》
四百《しひやく》とすれば九《く》万人……

ふりさけ見ればそのあたり　藍暮《あゐ》れそむる松むらと
かじろき雪のけむりのみ

〔鐘うてば白木のひのき〕

鐘うてば白木のひのき、　ひかりぐもそらをはせ交《か》ふ。
凍《こご》えしやみどりの縮葉甘藍《ケール》、　県視学はかなきものを。

早《はや》池《ち》峯《ね》山《さん》巓《てん》

石絨《アスベスト》脈《すじ》なまぬるみ、
いはかゞみひそかに熟し、
八重《やへ》の雲遠くたゝえて、
白堊《はくあ》紀の古きわだつみ、

苔《こけ》しろきさが巌《いは》にして、
ブリューベル露はひかりぬ。
西東はてをしらねば、
なほこゝにありわぶごとし。

社会主事　佐《さ》伯《へき》正氏

群れてかゞやく辛夷花樹《マグノリア》、　雪しろたゝくねこやなぎ、
風は明るしこの郷《さと》の、　士《ひと》はそゞろに吝《やぶさ》けき。

まんさんとして漂へば、　水いろあはき日曜《どんたく》の、
馬を相する漢子《をのこ》らは、　こなたにまみを凝《こら》すなり。

市日

丹藤《タンド》に越ゆるみかげ尾根、　うつろひかればいと近し。
地蔵菩薩《ぼさつ》のすがたして、　栗《くり》を食《た》うぶる童《わらはべ》と、
縞《しま》の粗麻布《ジユート》の胸しぼり、　鏡欲《ほ》りするその姉と。
丹藤に越ゆる尾根の上に、　なまこの雲ぞうかぶなり。

廃坑

春ちかけれど坑々《すきすき》の、
祠《ほこら》は荒れて天霧《あまぎら》し、
事務所飯場《はんば》もおしなべて、
鳥の宿りとかはりけり。

みちをながるゝ雪代《ゆきしろ》に、
銹《さ》びしナイフをとりいでつ、
しばし閲《けみ》してまもりびと、
さびしく水をはねこゆる。

副　業

雨降りしぶくひるすぎを、　青きさゝげの籠《かご》とりて、
巨利を獲《う》るてふ副業の、　銀毛兎《ぎんけうさぎ》に餌《くは》すなり。

兎はついにつくのはね、　ひとは頬《ほ》あかく美《は》しければ、
べっ甲ゴムの長靴や、　緑のシャツも着《つ》くるなり。

紀念写真

学生壇を並び立ち、　　教授助教授みな座して、
つめたき風の聖餐《さん》を、　　かしこみ呼ぶと見えにけり。

（あな虹《にじ》立てり降るべしや）
（さなりかしこはしぐるらし）
……あな虹立てり降るべしや……
……さなりかしこはしぐるらし……

写真師台を見まはして、　　ひとりに面《おも》をあげしめぬ。

時しもあれやさんとして、　身を顫《ふる》はする学の長《をさ》、
雪刷《は》く山の目もあやに、　たゞさんとして身を顫ふ。

……それをののかんそのことの、　ゆゑはにはかに推し得ね、
大礼服《たいれいふく》にかくばかり、　美《は》しき効果をなさんこと、
いづちの邦の文献か、　よく録しつるものあらん……

しかも手練《てなれ》の写真師が、　三秒ひらく大レンズ、
千の瞳のおのおのに、　朝の虹こそ宿りけれ。

塔中秘事

雪ふかきまぐさのはたけ、　玉蜀黍《きみ》漂雪《フキ》は奔《はし》りて、
丘裾《すそ》の脱穀塔を、　ぼうぼうとひらめき被《おほ》ふ。

歓喜天《くわんぎてん》そらやよぎりし、　そが青き天《あめ》の窓より、
なにごとか女のわらひ、　栗鼠《りす》のごと軋《きし》りふるへる。

〔われのみみちにたゞしきと〕

われのみみちにたゞしきと、　ちちのいかりをあざわらひ、
ははのなげきをさげすみて、　さこそは得つるやまひゆゑ、
こゝはむなしく息あえぎ、　春は来れども日に三たび、
あせうちながしのたうてば、　すがたばかりは録されし、
下品《げぼん》ざんげのさまなせり。

朝

旱《ひ》割れそめにし稲沼《いなぬま》に、　いまころころと水鳴りて、
待宵草に置く露も、　睡《ねむ》たき風に萎《しぼ》むなり。

鬼《おに》げし風《ふう》の襖子《あをし》着て、　児《こ》ら高らかに歌すれば、
遠き讒誣《ざんぶ》の傷あとも、　緑青《ろくしやう》いろにひかるなり。

〔猥《な》れて嘲《あ》笑《ざ》めるはた寒き〕

猥れて嘲笑めるはた寒き、　凶《まが》つのまみをはらはんと
かへさまた経《ふ》るしろあとの、　天は遷《うつ》ろふ火の鱗《うろこ》。
つめたき西の風きたり、　あららにひとの秘呪《ひじゅ》とりて、
粟《あは》の垂《たり》穂をうちみだし、　すすきを紅《あか》く燿《かゞ》やかす。

岩《がん》頸《けい》列《れつ》

西は箱《はこ》ヶ《が》と毒《ド》ヶ《グ》森、椀《わん》コ、南昌《なんしやう》、東根《ひがしね》の、
古き岩頸《ネック》の一列に、氷霧あえかのまひるかな。
からくみやこにたどりける、芝雀《しじやく》は旅をものがたり、
「その小屋掛けのうしろには、寒げなる山にょきにょきと、
立ちし」とばかり口つぐみ、とみにわらひにまぎらして、
渋茶をしげにのみしてふ、そのことまことうべなれや。

山よほのぼのひらめきて、
その雪尾根をかゞやかし、

わびしき雲をふりはらへ、
野面《のづら》のうれひを燃し了《おほ》せ。

病技師〔一〕

こよひの闇はあたたかし、
風のなかにてなかんなど、
ステッキひけりにせものの、
黒のステッキまたひけり。

蝕《むしば》む胸をまぎらひて、
こぼと鳴り行く水のはた、
くらき炭素の燈《ひ》に照りて、
飢饉《けかつ》供養《くやう》の巨石《おほいし》並《な》めり。

酸《さん》 虹《こう》

鵞黄《がわう》の柳いくそたび、　窓を掃《はら》ふと出でたちて、
片頬《かたほ》むなしき郡長《こほりをさ》、　酸《す》えたる虹《にじ》をわらふなり。

柳沢《やなぎさわ》野《の》

焼けのなだらを雲はせて、
　海鼠《なまこ》のにほひいちじるき。
うれひて蒼《あを》き柏《かしは》ゆゑ、
　馬は黒藻《くろも》に飾らるゝ。

軍事連鎖劇

キネオラマ、　　寒天光《かんてんくわう》のたゞなかに、　　ぴたと煙草《たばこ》をなげうちし、
上等兵の袖《そで》の上、　　また背景の暁《あけ》ぞらを、　　雲どしどしと飛びにけり。

そのとき角のせんたくや、　　まったくもって泪《なみだ》をながし、
やがてほそぼそなみだかわき、　　すがめひからせ、　　トンビのえりを直したりけり。

峡野《けふや》早春

夜見来《よみこ》の川のくらくして、
二すじ白き日のひかり、
稔《みの》らぬなげきいまさらに、
雲はまばゆき墨と銀、

斑雪《はだれ》しづかにけむりだつ。
ややになまめく笹のいろ。
春をのぞみて深めるを。
波羅蜜《はらみつ》山の松を越す。

短夜

屋台を引きて帰りくる、　目あかし町の夜なかすぎ、
うつは数ふるそのひまに、　もやは浅葱《あさぎ》とかはりけり。
みづから塗れる伯林青《べれんす》の、　むらをさびしく苦笑ひ、
胡桃《くるみ》覆へる石屋根に、　いまぞねむれと入り行きぬ。

〔水《みづ》楢《なら》松にまじらふは〕

「水楢松にまじらふは、　クロスワードのすがたかな。」
誰かやさしくもの云《い》ひて、　えらひはなくて風吹けり。

「かしこに立てる楢の木は、　片枝青くしげりして、
パンの神にもふさはしき。」　声いらだちてさらに云ふ。

「かのパスを見よ葉桜の、　列は氷雲に浮きいでて、
なが師も説かん順列を、　緑の毬《まり》に示したり。」

しばしむなしく風ふきて、　声はさびしく吐息しぬ。

「こたび県《あがた》の負債《おひめ》せる、　われがとがにはあらざるを。」

硫《い》黄《わう》

猛《たけ》しき現場監督の、　こたびも姿あらずてふ、
元山《もとやま》あたり白雲の、　澱《よど》みて朝となりにけり。

青き朝日にふかぶかと、　小馬《ポニー》うなだれ汗すれば、
硫黄は歪《ゆが》み鳴りながら、　か黒き貨車に移さるゝ。

二月

みなかみにふとひらめくは、　月魄《つきしろ》の尾根や過ぎけん。
橋の燈《ひ》も顫《ふる》ひ落ちよと、　まだき吹くみなみ風かな。
あゝ梵《ぼん》の聖衆《しやうじゆ》を遠み、　たよりなく春は来《く》らしを。
電線の喚《おら》びの底を、　うちどもり水はながるゝ。

日の出前

学校は、　稗《ひえ》と粟《あは》との野末にて、　朝の黄雲に濯《あら》はれてあり。

学校の、　ガラス片《ひら》ごとかゞやきて、　あるはうつろのごとくなりけり。

岩《いは》手《て》山《さん》巓《てん》

外輪山の夜明け方、　息吹きも白み競《きそ》ひ立ち、
三十三の石神に、　米《よね》を注ぎて奔《はし》り行く。

雲のわだつみ洞《ほら》なして、　青野うるうる川湧《わ》けば、
あなや春日《かすが》のおん帯と、　もろびと立ちておろがみぬ。

車中〔二〕

稜掘《かどほり》山の巌《いは》の稜、　一木《ひとき》を宙に旋《めぐ》るころ
まなじり深き伯楽《はくらく》は、　しんぶんをこそひろげたれ。

地平は雪と藍《あゐ》の松、　氷を着るは七時雨《ななしぐれ》、
ばらのむすめはくつろぎて、　けいとのまりをとりいでぬ。

化《ばけ》物《もの》丁場《ちやうば》

すなどりびとのかたちして、　つるはしふるふ山かげの、
化物丁場しみじみと、　水湧《わ》きいでて春寒き。

峡《かひ》のけむりのくらければ、　山はに円く白きもの、
おそらくそれぞ日ならんと、　親方《ボス》もさびしく仰ぎけり。

開墾地落上

白髪かざして高清は、
松の岩頸《がんけい》　春の雲、
ゲメンゲラーゲさながらを、
額を拍《う》ちて高清は、

ブロージットと云《い》へるなり。
コップに小く映るなり。
焦げ木はかっとにほふなり。
また鶯《うぐひす》を聴けるなり。

〔鶯《あう》宿《しゆく》はこの月の夜を雪ふるらし〕

鶯宿はこの月の夜を雪ふるらし。
鶯宿はこの月の夜を雪ふるらし、　黒雲そこにてたゞ乱れたり。
七つ森の雪にうづみしひとつなり、　けむりの下を逼《せま》りくるもの。
月の下なる七つ森のそのひとつなり、　かすかに雪の皺《しわ》たゝむもの。
月をうけし七つ森のはてのひとつなり、　さびしき谷をうちいだくもの。
月の下なる七つ森のその三つなり、　小松まばらに雪を着るもの。
月の下なる七つ森のその二つなり、　オリオンと白き雲とをいたゞけるもの。

七つ森の二つがなかのひとつなり、　鉱石《かね》など掘りしあとのあるもの。
月の下なる七つ森のなかの一つなり、　雪白々と裾《すそ》を引くもの。
月の下なる七つ森のその三つなり、　白々《しろじろ》として起伏するもの。
七つ森の三つがなかの一つなり、　貝のぼたんをあまた噴くもの。
月の下なる七つ森のはての一つなり、　けはしく白く稜《かど》立てるもの。
稜立てる七つ森のそのはてのもの、　旋《めぐ》り了《をは》りてまこと明るし。

公子《こうし》

桐群《きりむら》に臘《らふ》の花洽《み》ち、　雲ははや夏を鋳そめぬ。
熱はてし身をあざらけく、　軟風のきみにかぐへる。
しかもあれ師はいましめて、　点竄《てんそ》の術得よといふ。
桐の花むらさきに燃え、　夏の雲遠くながるゝ。

〔銅鑼《どら》と看版　トロンボン〕

銅鑼と看版　トロンボン、　弧光燈《アークライト》の秋風に、
芸を了《をは》りてチャリネの子、　その影小《ちさ》くやすらひぬ。

得《え》も入らざりし村の児ら、　叔父《をぢ》また父の肩にして、
乞《こ》ふわが栗《くり》を喰《た》ふべよと、　泳ぐがごとく競ひ来る。

〔古き勾《こう》当《たう》貞斉が〕

古き勾当貞斉が、　いしぶみ低く垂れ覆《おほ》ひ、
雪の楓《かへで》は暮れぞらに、　ひかり妖《あや》しく狎《な》れにけり。

連れて翔《か》けこしむらすゞめ、　たまゆらりうと羽はりて、
沈むや宙をたちまちに、　りうと羽はり去りにけり。

涅《ね》槃《はん》堂

鳥らの羽音重げに、　雪はなほ降りやまぬらし。
わがみぬち火はなほ燃えて、　しんしんと堂は埋《うも》るゝ。
風鳴りて松のさざめき、　またしばし飛びかふ鳥や。
雪の山また雪の丘、　五輪塔　数をしらずも。

悍《かん》馬《ば》〔二〕

麁肥《こえ》をはらひてその馬の、　まなこは変《かは》る紅《べに》の竜、

けいけい碧《あを》きびいどろの、　天をあがきてとらんとす。

黝《くろ》き菅藻《すがも》の袍《はう》はねて、　叩きそだたく封介に、

雲ののろしはとゞろきて、　こぶしの花もけむるなり。

巨《きよ》豚《とん》

巨豚ヨークシャ銅の日に、　金毛《きんけ》となりてかけ去れば、
棒をかざして髪ひかり、　追ふや里長《りちやう》のまなむすめ。
日本里長森を出で、　小手《こて》をかざして刻《とき》を見る、
鬚《ひげ》むしやむしやと物喰《は》むや、　麻布《あざぶ》も青くけぶるなり。
日本の国のみつぎとり、　里長を追ひて出で来り、
えりをひらきてはたはたと、　紙の扇をひらめかす。

巨豚ヨークシャ銅の日を、　こまのごとくにかたむきて、
旋《めぐ》れば降《くだ》つ栗《くり》の花、　消ゆる里長《りちやう》のまなむすめ。

眺望

雲環《うんくわん》かくるかの峯《みね》は、　古生諸層をつらぬきて
侏羅《ジユラ》紀に凝《こ》りし塩岩の、　蛇紋《じやもん》化せしと知られたり。
青き陽《ひ》遠くなまめきて、　右に亘《わた》せる高原は、
花崗《くわかう》閃緑《せんりよく》　削剝《さくはく》の、　時代は諸《もろ》に論《あげつら》ふ。
ま白き波をながしくる、　かの峡川と北上は、
かたみに時を異《こと》にして、　ともに一度《ひとたび》老いしなれ。

砂壌《さじやう》かなたに受くるもの、　多くは酸《す》えず燐《りん》多く
洪積台の埴土《はに》壌土《ひじ》と、　植物群《フロラ》おのづとわかたれぬ。

山躑躅《やまつつじ》

こはやまつつじ丘丘の、　栗《くり》また楢《なら》にまじはりて、　熱き日ざしに咲きほこる。

なんたる冴《さ》えぬなが紅《あか》ぞ、　朱もひなびては酸《す》えはてし、　紅土《ラテライト》にもまぎるなり。

いざうちわたす銀の風、　無色《むしよく》の風とまぐはへよ、　世紀の末の児《こ》らのため。

さは云《い》へまことやまつつじ、　日影くもりて丘ぬるみ、　ねむたきひるはかくてやすけき。

〔ひかりものすとうなゐごが〕

ひかりものすとうなゐごが、　ひそにすがりてゆびさせる、
そは高甲《たかかふ》の水車場の、　こなにまぶれしそのあるじ、
にはかに咳《せき》し身を折りて、　水こぼこぼとながれたる、
よるの胡桃《くるみ》の樹をはなれ、　肩つゝましくすぼめつゝ、
古りたる沼をさながらの、　西の微光にあゆみ去るなり。

国　土

青き草山《くさやま》雑木《ざふき》山《やま》、　はた松森と岩の鐘《かね》、
ありともわかぬ襞《ひだ》ごとに、　白雲よどみかゞやきぬ。

一石一字をろがみて、　そのかみひそにうづめけん、
寿量《じゆりやう》の品《ほん》は神さびて、　みねにそのをに鎮《しづ》まりぬ。

〔塀のかなたに嘉《か》菟《と》治《じ》かも〕

塀のかなたに嘉菟治かも、　　　ピアノぽろろと弾きたれば、
一、あかきひのきのさなかより、　春のはむしらをどりいづ。
二、あかつちいけにかゞまりて、　鳥にごりの水のめり。
あはれつたなきソプラノは、　　ゆふべの雲にうちふるひ、
灰まきびとはひらめきて、　　　桐《きり》のはたけを出できたる。

四《よ》時《じ》

時しも岩手軽鉄の、　待合室の古時計、
つまづきながら四時うてば、　助役たばこを吸ひやめぬ。
時しも赭《あか》きひのきより、　農学生ら奔《は》せいでて、
雪の紳士のはなづらに、　雪のつぶてをなげにけり。
時しも土手のかなたなる、　郡役所には議員たち、
視察の件を可決して、　はたはたと手をうちにけり。

時しも老いし小使は、　豚にえさかふバケツして、
農学校の窓下を、　足なづみつゝ過ぎしなれ。

羅《ら》紗《しや》売

バビロニ柳掃《はら》ひしと、　あゆみをとめし羅紗売りは、
つるべをとりてやゝしばし、　みなみの風に息づきぬ。

しらしら醸《かも》す天の川、　はてなく翔《か》ける夜の鳥、
かすかに銭を鳴らしつゝ、　ひとは水《み》縄《なは》を繰りあぐる。

臘《らふ》月《げつ》

みふゆの火すばるを高み、　のど嗽《すす》ぎあるじ眠れば、
千キロの氷をになひ、　かうかうと水車はめぐる。

〔天狗蕈《てんぐたけ》　けとばし了《を》へば〕

天狗蕈、けとばし了へば、
親方よ、
朝餉《あさげ》とせずや、こゝな苔《こけ》むしろ。
……りんと引け、
りんと引けかし。
十二八！
その標《へう》うちてテープをさめ来《こ》！……

山の雲に、ラムネ湧《わ》くらし、
親方よ、
雨の中にていっぱいやらずや。

牛

そは一ぴきのエーシャ牛、　夜の地靄《ぢもや》とかれ草に、　角をこすりてたわむるゝ。

窒素《ちつそ》工場の火《ほ》の映《は》えは、　層雲列を赤く焦《や》き、

鈍き砂丘のかなたには、　海わりわりとうち顫《ふる》ふ、

さもあらばあれ啜《すす》りても、　なほ啜り得ん黄銅の

月のあかりのそのゆゑに、　こたびは牛は角をもて、　音高く

柵を叩《たた》きてたはむるゝ。

〔秘事念仏の大師匠〕〔二〕

秘事念仏の大師匠、　元信斉《げんしんさい》は妻子《つまこ》もて、
北上ぎしの南風、　けふぞ陸穂《をかぼ》を播《ま》きつくる。
雲紫に日は熟れて、　青らみそめし野いばらや、
川は川とてひたすらに、　八功《はちく》徳水《どくすい》ながしけり。
たまたまその子口あきて、　楊《やなぎ》の梢《こずゑ》に見とるれば、
元信斉は歯《は》軋《ぎし》りて、　石を発止《はつし》と投げつくる。

蒼蠅《あをばへ》ひかりめぐらかし、
練肥《ダラ》を捧《ささ》げてその妻は、
たゞ恩人ぞ導師ぞと、
おのが夫《つま》をば拝むなり。

〔廐肥《こえ》をになひていくそたび〕

廐肥をになひていくそたび、　まなつをけぶる沖積層《アリビーム》、
水の岸なる新墾畑《にひばり》に、　往来もひるとなりにけり。
エナメルの雲　鳥の声、　唐黍《きび》焼きはみてやすらへば、
熱く苦しきその業《わざ》に、　遠き情事のおもひあり。

黄《たそ》昏《がれ》

花さけるねむの林を、　さうさうと身もかはたれつ、
声ほそく唱歌うたひて、　屠《と》殺《さつ》士《し》の加吉さまよふ。
いづくよりか烏《からす》の尾ばね、　ひるがへりさと堕《お》ちくれば、
黄なる雲いまはたえずと、　オクターヴォしりぞきうたふ。

式場

氷の雫《しづく》のいばらを、　液量計の雪に盛り、

鐘を鳴らせばたちまちに、　部長訓辞をなせるなり。

〔翁面《おきなめん》　おもてとなして世経《よふ》るなど〕

翁面、　おもてとなして世経るなど、　ひとをあざみしそのひまに、
やみほ、けたれつかれたれ、　われは三十《みそ》ぢをなかばにて、
緊那羅面《きんならめん》とはなりにけらしな。

氷上

月のたはむれ薫《く》ゆるころ、　氷は冴《さ》えてをちこちに、　さゞめきしげくなりにけり。

をさけび走る町のこら、　高張《たかはり》白くつらねたる、　明治女塾《ぢよじゆく》の舎生《しやせい》たち。

さてはにはかに現はれて、　ひたすらうしろすべりする、　黒き毛剃《けぞり》の庶務課長。

死火山の列雪青く、　よき貴人《あてびと》の死蠟《しらふ》とも、　星の蜘蛛《くも》来て網《あみ》はけり。

〔うたがふをやめよ〕

うたがふをやめよ、　　林は寒くして、
いささかの雪凍りしき、　　根まがり杉ものびてゆるゝを。
胸張りて立てよ、　　林の雪のうへ、
青き杉葉の落ちちりて、　　空にはあまた烏《からす》なけるを。
そらふかく息せよ、　　杉のうれたかみ、
烏いくむれあらそへば、　　氷霧ぞさっとひかり落つるを。

電気工夫

（直《なほ》き時計はさま頑《かた》く、　憎《ぞう》に鍛えし瞳《め》は強し）
さはあれ攀《よ》ぢる電塔の、　四方《よも》に辛夷《こぶし》の花深き。
南風《かけつ》光の網《あみ》織れば、　ごろろと鳴らす碍子《がいし》群、
草火のなかにまじらひて、　蹄《ひづめ》のたぐひけぶるらし。

〔すゝきすがるゝ丘なみを〕

すゝきすがるゝ丘なみを、　にはかにわたる南かぜ、
窪《くぼ》てふ窪はたちまちに、　つめたき渦を噴きあげて、
古きミネルヴァ神殿の、　廃趾《はいし》のさまをなしたれば、
ゲートルきりと頰《ほほ》かむりの、　闘士嘉吉もしばらくは、
萱《かや》のつぼけを負ひやめて、　面《おもて》あやしく立ちにけり。

〔乾かぬ赤きチョークもて〕

乾かぬ赤きチョークもて、　文《ぶん》を抹《まつ》して教頭は、
いらかを覆《おほ》ふ黒雲を、　めがねうつろに息づきぬ。
さびしきすさびするゆゑに、　ぬかほの青き善吉ら、
そらの輻射《ふくしや》の六月を、　声なく惨《さん》と仰ぎたれ。

〔腐植土《フイマス》のぬかるみよりの照り返し〕

腐植土のぬかるみよりの照り返し、　材木の上のちいさき露店。
腐植土のぬかるみよりの照り返しに、　二銭の鏡あまたならべぬ。
腐植土のぬかるみよりの照り返しに、　すがめの子一人りんと立ちたり。
よく掃除せしラムプをもちて腐植土の、　ぬかるみを駅夫大股《また》に行く。
風ふきて広場広場のたまり水、　いちめんゆれてさゞめきにけり。

こはいかに赤きずぼんに毛皮など、
春木ながしの人のいちれつ。

なめげに見高らかに云ひ木流《きなが》しら、
鳶《とび》をかつぎて過ぎ行きにけり。

列すぎてまた風ふきてぬかり水、
白き西日にさゞめきたてり。

西根《にしね》よりみめよき女きたりしと、
角の宿屋に眼がひかるなり。

かっきりと額を剃《そ》りしすがめの子、
しきりに立ちて栗《くり》をたべたり。

腐植土《フイマス》のぬかるみよりの照り返しに
二銭の鏡売るゝともなし。

中尊寺〔一〕

七重《しちぢゆう》の舍利《しやり》の小塔《こたふ》に、
　蓋《がい》なすや緑《りよく》の燐光《りんくわう》。
大盗《だいたう》は銀のかたびら、
　おろがむとまづ膝《ひざ》だてば、
赭《しや》のまなこたゞつぶらにて、
　もろの肱《ひぢ》映えかゞやけり。
手触《たふ》れ得ず十字燐光、
　大盗は礼《らい》して没《き》ゆる。

嘆願隊

やがて四時ともなりなんを、　当主いまだに放たれず、
外《と》の面《も》は冬のむらがらす、　山の片面《かたも》のかゞやける。
二羽の烏《からす》の争ひて、　さっと落ち入る杉ばやし、
このとき大気飽和して、　霧は氷と結びけり。

〔一才《いっさい》のアルプ花崗岩《みかげ》を〕

一才のアルプ花崗岩《みかげ》を、　おのも積む孤転車《ひとつわぐるま》。
（山はみな湯噴きいでしぞ）　髪赭《あか》きわらべのひとり。
（われらみな主《ぬし》とならんぞ）　みなかみはたがねうつ音。
をその蟇《ひき》みちをよぎりて、　にごり谷けぶりは白し。

〔小《ちさ》きメリヤス塩の魚〕

小きメリヤス塩の魚、　藻草《もぐさ》花菓子烏賊《いか》の脳、
雲の縮れの重《おも》りきて、　風すさまじく歳暮るゝ。

はかなきかなや夕さりを、　なほふかぶかと物おもひ、
街をうづめて行きまどふ、　みのらぬ村の家長たち。

〔日本球根商会が〕

日本球根商会が、よきものなりと販《う》りこせば、
いたつきびとは窓ごとに、春きたらばとねがひけり。
夜《よ》すがら温《ぬく》き春雨に、風信子《ヒヤシンス》華の十六は、
黒き葡《ぶ》萄《だう》と噴きいでて、雫《しづく》かゞやきむらがりぬ。
さもまがつびのすがたして、あまりにくらきいろなれば、
朝焼けうつすいちいちの、窓はむなしくとざされつ。

七面鳥はさまよひて、
小《ちさ》き看護は窓に来て、

ゴブルゴブルとあげつらひ、
あなやなにぞといぶかりぬ。

庚《かう》 申《しん》

歳に七度《ななたび》はた五つ、
庚《かのえ》の申《さる》を重ぬれば、
稔《みの》らぬ秋を恐《かしこ》みて、
家長ら塚を理《おさ》めにき。

汗に蝕《むしば》むまなこゆゑ、
昴《ぼう》の鎖の火《ひ》の数を、
七つと五つあるはたゞ、
一つの雲と仰ぎ見き。

賦《ふ》役《えき》

みねの雪よりいくそたび、
萌えし柏《かしは》をとゞろかし、
おのれと影とたゞふたり、
ひねもす白き眼《まなこ》して、

風はあをあを崩れ来て、
きみかげさうを軋《きし》らしむ。
あれと云《い》はれし業《わざ》なれば、
放牧《のがひ》の柵《さく》をつくろひぬ。

〔商人ら　やみていぶせきわれをあざみ〕

商人ら、やみていぶせきわれをあざみ、
川ははるかの峡《かひ》に鳴る。
ましろきそらの蔓《つる》むらに、　雨をいとなむみそさゞい、
黒き砂糖の樽《たる》かげを、　ひそかにわたる昼の猫。
病みに恥《はぢ》つむこの郷《さと》を、
つめたくすぐる春の風かな。

風　底

雪けむり閃《ひら》めき過ぎて、　ひとしばし汗をぬぐへば、

布づつみになふ時計の、　リリリリとひゞきふるへる。

〔雪げの水に涵《ひた》されし〕

雪げの水に涵されし、　御料《ごれう》草地のどての上、
犬の皮着てたゞひとり、　菫外線《きんぐわいせん》をい行くもの。

ひかりとゞろく雪代《ゆきしろ》の、　土手のきれ目をせな円《まる》み、
兎《うさぎ》のごとく跳ねたるは、　かの耳しひの牧夫なるらん。

病技師　〔二〕

あえぎてくれば丘のひら、　地平をのぞむ天気輪、
白き手巾《しゆきん》を草にして、　をとめらみたりまどゐしき。
大寺《たいじ》のみちをことゝへど、　いらへず肩をすくむるは、
はやくも死相われにありやと、　粛涼《しゆくりやう》をちの雲を見ぬ。

〔西のあをじろがらん洞〕

西のあをじろがらん洞、　一むらゆげをはきだせば、
ゆげはひろがり環をつくり、　雪のお山を越し申す。
わさび田ここになさんとて、　枯草原にこしおろし、
たばこを吸へばこの泉、　たゞごろごろと鳴り申す。
それわさび田に害あるもの、　一には野馬　二には蟹《かに》、
三には視察、四《し》には税、　五は大更《おほふけ》の酒屋なり。

山を越したる雲かげは、　雪をそゞろにすべりおり、
やがては藍《あゐ》の松こめや、　虎の斑《ふ》形を越え申す。

卒業式

三宝《さんぼう》または水差しなど、　たとへいくたび紅白の、
甘き澱《よど》みに運ぶとも、　鐘鳴るまではカラぬるませじと、
うなじに副《そ》へし半巾《はんはば》は、　慈鎮和尚《じちんくわしやう》のごとくなり。

〔燈《ひ》を紅《あか》き町の家より〕

燈を紅き町の家より、　いつはりの電話来れば、
（うみべより売られしその子）　あはたゞし白木のひのき。

雪の面《も》に低く霧して、　桑の群影ひくなかを、
あゝ鈍《に》びし二重のマント、　銅版の紙片をおもふ。

文語詩未定稿

〔曇りてとざし〕

曇りてとざし
風にゆる
それみづからぞ樹のこゝろ

光にぬるみ
気に析《さ》くる
そのこと巌《いはほ》のこゝろなり

樹の一本は一つの木
規矩《のり》なき巌はたゞ巌

〔ひとびと酸《す》き胡《き》瓜《うり》を嚙《か》み〕

ひとびと酸き胡瓜を嚙み
やゝに濁れる黄の酒の
陶の小盃《せうはい》に往復せり
そは今日賦役《ふえき》に出でざりし家々より
権左エ門が集め来《き》しなれ
まことと権左エ門の眼《まなこ》　双《さう》に赤きは
尚褐玻璃《なほかつはり》の老眼鏡をかけたるごとく
立って宰領《さいりやう》するこの家のあるじ
熊氏の面はひげに充てり
榾《ほだ》のけむりは稲いちめんにひろがり
雨は漟《だう》々青き穂並にうち注げり
われはさながらわれにもあらず
稲の品種をもの云《い》へば
或《ある》ひはペルシャにあるこゝちなり

この感じ多く耐えざる
脊椎《せきつい》の労作《らうさく》の后《あと》に来り
しばしば数日の病を約す

げにかしこにはいくたび
赤き砂利をになひける
面《おもて》むくみし弱き子の
人人の背后《ご》なる板の間に座して
素麺《さうめん》をこそ食《は》めるなる
その赤砂利を盛れる土橋は
楢《なら》また桧《ひのき》の暗き林を負ひて
ひとしく雨に打たれたれど
ほだのけむりははやもそこに這《は》へるなり

〔こんにやくの〕

こんにやくの
す枯れの茎をとらんとて
水こぼこぼと鳴る
ひぐれまぢかの笹《ささ》はらを
兄弟二人わけ行きにけり

開墾地　〔断片〕

〔断片　一〕
焦《こ》ぎ木のむらはなほあれば
山の畑の雪消えて　〔以下なし〕

〔断片　二〕
青年団が総出にて
しだれ桜を截《き》りしなり

〔しののめ春の鴇《とき》の火を〕

しののめ春の鴇の火を
アルペン農の汗に燃し
縄と菩提樹皮《まだか》にうちよそひ
風とひかりにちかひせり
　四月は風のかぐはしく
　雲かげ原を超《こ》えくれば
　　雪融けの　草をわたる
黒玢岩《メラファイアー》の高原に
生しののめの火を燃せり

島わの遠き潮騒《しほさ》ゐを
森のうつゝのなかに聴き
羊歯《しだ》のしげみの奥に
青き椿の実をとりぬ

黒潮の香のくるほしく
東風《こち》にいぶきを吹き寄れば
百千鳥《ももちどり》すだきいづる
三原の山に燃ゆる火の
なかばは雲に鎖《とざ》されぬ

大菩薩《ばさつ》峠の歌

廿日月《はつか》
かざす刃《やいば》は音無しの
黒業《こくごふ》ひろごる雲のひま
　　　その竜之介

風もなき
修羅《しゆら》のさかひを行き惑《まど》ひ
すゝきすがるゝいのじ原
　　　その雲のいろ

日は落ちて
鳥はねぐらにかへれども
ひとは帰らぬ修羅の旅
　　　その竜之介

田園迷信

十の蜂舎《ほうしや》の成りしとき
よき園成さば必らずや
鬼《き》ぞうかがふといましめし
かしらかむろのひとありき

山はかすみてめくるめき
桐《きり》むらさきに燃ゆるころ
その農園の扉《と》を過ぎて
莓需《いちごもと》めしをとめあり

そのひとひるはひねもすを
風にガラスの点を播《ま》き
夜はよもすがらなやましき
うらみの歌をうたひけり

若きあるじはひとひらの
白銅をもて帰れるに
をとめしづかにつぶやきて
この園われが園といふ

かくてくわりんの実は黄ばみ
池にぬなはの枯るゝころ
をみなとなりしそのをとめ
園をば町に売りてけり

樹園

かはたれは青く這《は》ひ来て
しめやかに木の芽ほごるゝ
鳥飛びて気圧を高み
しんしんと歯痛は起る
ぎごちなき独乙《ドイツ》冠詞を
青々となげく窓あり
大いなる帳簿を抱き
守衛長木の間を過ぐる

隅田川

水はよどみて日はけぶり
桜は青き　夢の列《つら》
汝《な》は酔ひ痴《し》れてうちおどる
泥洲《どろす》の上に　うちおどる

母をはるけき　なが弟子は
酔はずさびしく　そらを見る
その芦《あし》生えの　芦に立ち
ましろきそらを　ひとり見る

八《はちの》戸《へ》

さやかなる夏の衣《きぬ》して
ひとびとは汽車を待てども
疾《や》みはてしわれはさびしく
琥珀《こはく》もて客を待つめり

この駅はきりぎしにして
玻璃《はり》の窓海景を盛り
幾条《いくすじ》の遥けき青や
岬にはあがる白波

南なるかの野の町に
歌ひめとなるならはしの
かゞやける唇や頰《ほほ》
われとても昨日はありにき

かのひとになべてを捧《ささ》げ
かゞやかに四年《よとせ》を経《へ》しに
わが胸はにわかに重く
病葉《わくらば》と髪は散りにき

モートルの爆音高く
窓過ぐる黒き船あり
ひらめきて鷗《かもめ》はとび交《か》ひ
岩波はまたしもあがる

そのかみもうなゐなりし日
こゝにして琥珀うりしを
あゝいまはうなゐとなりて
かのひとに行かんすべなし

〔歳《とし》は世紀に曾《か》つて見ぬ〕

歳は世紀に曾つて見ぬ
石竹《せきちく》いろと湿潤と
人は三年《みとせ》のひでりゆゑ
食《は》むべき糧《かて》もなしといふ

稲かの青き槍の葉は
多く倒れてまた起たず
六条さては四角なる
麦はかじろく空穂《うつぼ》しぬ

このとききみは千万の
人の糧もてかの原に
亜鉛のいらか丹《に》を塗りて
いでゆの町をなすといふ

この代《しろ》あらば野はもって
千年の計をなすべきに
徒衣ぜい食のやからに
賤舞《せんぶ》の園を供すとか

講后《ご》

いたやと楢《なら》の林つきて
かの鉛にも続くといへる
広きみねみち見え初《そ》めたれば
われ師にさきだちて走りのぼり
峯にきたりて悦《よろこ》び叫べり
江釣子森《えづりこもり》は黒くして脚下《きやくか》にあり
北上の野をへだてゝ山はけむり
そが上に雲の峯かゞやき立てり
人人にまもられて師もやがて来りたまふに
みけしき蒼白《さう》にして
単衣《ひとへ》のせなうるほひ給ひき
われなほよろこびやまず
石をもて東の谷になげうちしに
その石遥《はる》か下方にして
戛《かつ》として樹をうち

また茂みを落つるの音せりき
師すでに立ちてあり
あへぎて云《い》ひたまひけるは
老鶯《らうあう》をな驚かし給ひそとなり
講の主催者粛《しゆく》として立ち
われまた畏《おそ》れて立ちつくせるに
人人〔一字不明〕かずつかれて多くはたゞずめりき
しかはあれかの雲の峯をば
しづかにのぞまんはよけんと
蕗《ふき》の葉をとりて地に置けるに
講の主催者
その葉を師に参らせよといふ
すなはち更に三葉《さんえふ》をとって
重ねて地にしき置けるに
師受用《じゆよう》して座しましき

雹雲《ひょううん》砲手

なべて葡萄《ぶだう》に花さきて
蜂のふるひのせわしきに
をちこち青き銅液の
噴霧にひるは来りけり
にはかに風のうち死して
あたりいよよにまばゆきを
見ずやかしこの青きそら
友よいざ射て雹の雲

〔瘠《や》せて青めるなが頰《ほほ》は〕

瘠せて青めるなが頰は
九月の雨に聖《きよ》くして
一すじ遠きこのみちを
草穂《くさほ》のけぶりはてもなし

〔霧降る萱《かや》の細みちに〕

霧降る萱の細みちに
われをいぶかり腕組める
なはたくましき漢子《をのこ》かな
白き上着はよそへども
ひそに醸《かも》せるなが酒を
うち索《もと》めたるわれならず
はがねの槌《つち》は手にあれど
ながしづかなる山畑に
銅を探らんわれならず
検土の杖《ぢやう》はになへども
四方《よも》にすだけるむらどりの
一羽もために落ちざらん
土をけみして培《つちかひ》の
企画をなさんつとめのみ

さあればなれよ高萱《たかかや》の
群うち縫《ぬ》えるこのみちを
わがためにこそひらけかし
権現山《ごんげんやま》のいたゞきの
黒き巌《いはほ》は何やらん
霧の中より光り出づるを

〔エレキに魚《うを》をとるのみか〕

エレキに魚をとるのみか
鳥さへ犯すしれをのこ
捕《と》らでやまんと駐在の
戸田巡査こそいかめしき

まこと楊《やなぎ》に磁《じ》の乗りて
小鳥は鉄のたぐひかや
ひとむれさっと落ち入りて
しらむ梢《こずゑ》ぞあやしけれ

〔われらが書《ふみ》に順《したが》ひて〕

われらが書に順ひて
その三稜《さんりよう》の壇に立ち
クラリネットとオボーもて
七たび青くひらめける
四連《しれん》音符をつゞけ奏《な》し
あたり雨降るけしきにて
ひたすら吹けるそのときに
いつかわれらの前に立ち
かなしき川をうち流し
渦《うず》まく風をあげありし
かの逞《たく》ましき肩もてる
黒き上着はそも誰なりし

幻想

濁《だ》みし声下より叫ぶ
炉はいまし何度にありや
八百とえらいをすれば
声なくて炭《たん》を掻《か》く音

声ありて更に叫べり
づくはいまし何度にありや
八百とえらひをすれば
またもちえと舌打つひゞき

灼熱《しやくねつ》のるつぼをつゝみ
むらさきの暗き火は燃え
そがなかに水うち汲《く》める
母の像恍《くわう》とうかべり

声ありて下より叫ぶ
針はいま何度にありや
八百といらひて云へば
たちまちに階を来る音

八百は何のたはごと
汝はこゝに睡《ねむ》れるならん
見よ鉄はいま千二百
なれが眼は何を読めるや

あなあやし紫の火を
みつめたる眼はうつろにて
熱計の針も見わかず

奇《く》しき汗せなにうるほふ

あゝなれは何を泣けるぞ
涙もて金はとくるや
千二百いざ下り行かん
それいまぞ鉄は熟しぬ

融鉄はうちとゞろきて
火花あげけむりあぐれば
紫の焰《ほのほ》は消えて
室《へや》のうちにわかにくらし

〔われ聴衆に会釈して〕

われ聴衆に会釈して
歌ひ出でんとしたるとき
突如下手の幕かげに
まづおぼろなる銅鑼《どら》鳴りて
やがてジロフォンみだれうつ

わが立ち惑《まど》ふそのひまに
琴はいよよに烈《はげ》しくて
そはかの支那《しな》の小娘と
われとが潔《きよ》き愛恋を
あらぬかたちに歪《ゆが》めなし
描きあざけり罵《ののし》りて
衆意を迎ふるさまなりき

このこともとしわが敵の
かの腹円きセロ弾《ひ》きが
わざとはわれも知りしかど

そを一すじのたわむれと
なすべき才もあらざれば
たゞ胸あつく頬《ほほ》つりて
呆《はう》けたるごとくわが立てば
もろびと　どっと声あげて
いよよにわれをあざみけり

春章作中判

春章作中判　一

ましろき蘆《あし》の花噴《ふ》けば
青き死相を眼にたゝへ
大太刀舞はす乱れ髪

春章作中判　二

白紙を結ぶすはだしや
死《しに》を嘲《あざ》ける青の隈《くま》
雪の反射のなかにして
鉄の鏡をかゝげたり

〔ながれたり〕

ながれたり
　夜はあやしく陥りて
　ゆらぎ出でしは一むらの
　陰極線の盲《しひ》あかり
　また蛍光の青らむと
　かなしく白き偏光《へんくわう》の類
ましろに寒き川のさま
地平わづかに赤らむは
あかつきとこそ覚ゆなれ
　（そもこれはいづちの川のけしきぞも）
げにながれたり水のいろ
ながれたりげに水のいろ
このあかつきの水のさま
はてさへしらにながれたり

　（そもこれはいづちの川のけしきぞも）
明るくかろき水のさま
寒くあかるき水のさま
　（水いろなせる川の水
　水いろ川の川水を
　何かはしらねみづいろの
　かたちあるものながれ行く）
青ざめし人と屍《しかばね》　数もしら
水にもまれてくだり行く
水いろの水と屍　数もしら
　（流れたりげに流れたり）

また下りくる大筏《いかだ》
まなじり深く鼻高く

腕うちくみてみめぐらし
一人の男うち座する
見ずや筏《いかだ》は水いろの
屍《しかばね》よりぞ組み成さる

髪みだれたるわかものの
筏のはじにとりつけば
筏のあるじ瞳《まみ》赤く
頬《ほほ》にひらめくいかりして
わかものの手を解き去りぬ

げにながれたり水のいろ
ながれたりげに水のいろ
このあかつきの水のさま
はてさへしらにながれたり

共にあをざめ救はんと
流れの中に相寄れる
今は却《かへ》りて争へば
その髪みだれ行けるあり
（対岸の空うち爛《ただ》れ
赤きは何のけしきぞも）
流れたりげに流れたり
はてさへしらにながるれば
わが眼はつかれいまはさて
ものおしなべてうちかすみ
たゞほのじろの川水と
うすらあかるきそらのさま

おゝ頭ばかり頭ばかり
きりきりきりとはぎしりし
流れを切りてくるもあり

死人の肩を嚙《か》めるもの
さらに死人のせを嚙めば
さめて怒れるものもあり

ながれたりげにながれたり

村上謙三久

深夜のラジオっ子

——リスナー・ハガキ職人・構成作家

「深夜の馬鹿力」「ウンナンのANN」「コサキン」「オードリーのANN」……。ラジオの構成作家の証言をもとに、その裏側を語り尽くす！ ラジオがもっと好きになる。81542-2 四六判（3月中旬刊）**予価1700円**

内田貴

法学の誕生

——近代日本にとって「法」とは何であったか

日本の近代化の鍵は「法」にあった。西洋の法や法学という、きわめて異質な思考様式の受容に成功し、自前の法理論を作り上げた、明治の先人たちの知的苦闘を描く。86726-1 四六判（3月下旬刊）**予価2900円**

長谷川櫂

俳句の誕生

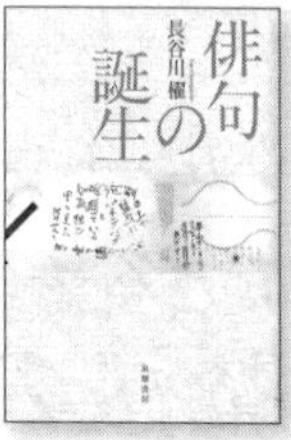

言葉によって失われた永遠の世界を探る

なぜ日本に俳句という短い詩が発生したのか。言葉以前の心の思いをどう言葉にのせてきたのか。芭蕉、一茶、谷川俊太郎、大岡信、そして楸邨。俳句論の決定版

82379-3 四六判（3月3日刊）**2300円**

6桁の数字はISBNコードです。頭に978-4-480をつけてご利用下さい。

3月の新刊 ●8日発売

ちくま文庫

断髪女中

獅子文六　山崎まどか 編

●獅子文六短篇集　モダンガール篇

再発見されたニュー・クラシック

新たに注目を集める獅子文六作品で、表題作「断髪女中」を筆頭に女性が活躍する作品にスポットを当てた文庫初収録作を多数含むオリジナル短篇集。

43506-4
760円

ロボッチイヌ

獅子文六　千野帽子 編

●獅子文六短篇集　モダンボーイ篇

やっと読める幻の短篇小説

長篇作品にも勝る魅力を持ちながら近年は読むことができなくなっていた貴重な傑作短篇小説の中から、男性が活躍する作品を集めたオリジナル短篇集。

43507-1
760円

ファッションフード、あります。

畑中三応子

●はやりの食べ物クロニクル

ティラミス、もつ鍋、B級グルメ……激しくはやりすたりを繰り返す食べ物から日本社会の一断面を切り取った痛快な文化史。年表付。（平松洋子）

43503-3
1000円

山口瞳ベスト・エッセイ

小玉武 編

サラリーマン処世術から飲食、幸福と死まで。——幅広い話題の中に普遍的な人間観察眼が光る山口瞳の豊饒なエッセイ世界を一冊に凝縮した決定版。

43500-2
950円

無限の本棚　増殖版

とみさわ昭仁

●手放す時代の蒐集論

幼少より蒐集にとりつかれ、物欲を超えた〝エアコレクション〟の境地にまで辿りついた男が開陳する驚愕の蒐集論。伊集院光との対談を増補。

43505-7
860円

6桁の数字はISBNコードです。頭に978-4-480をつけてご利用下さい。
内容紹介の末尾のカッコ内は解説者です。

3月の新刊 ●7日発売

ちくま新書

1312
パパ1年目のお金の教科書
岩瀬大輔（ライフネット生命社長）

これからパパになる人に、これだけは知っておいてほしい「お金の貯め方・使い方」を一冊に凝縮。パパとして奮闘中の方にも、きっと役立つ見識が満載です。

07129-3
760円

1313
日本人の9割が知らない英語の常識181
キャサリン・A・クラフト（翻訳家／英語講師）　里中哲彦　編訳

日本語を直訳して変な表現をしていたり、あまり使われない単語を多用していたり、日本人の英語はまだまだ勘違いばかり。10万部超ベストセラー待望の続編！

07133-0
780円

1314
世界がわかる地理学入門
水野一晴（京都大学教授）　▼気候・地形・動植物と人間生活

気候、地形、動植物、人間生活……気候区分ごとに世界各地の自然や人々の暮らしを解説。世界を旅する地理学者による、写真や楽しいエピソードも満載の一冊！

07125-5
950円

1315
大人の恐竜図鑑
北村雄一（サイエンスライター／イラストレーター）

陸海空を制覇した恐竜の最新研究の成果と雄姿を再現。日本で発見された化石、ブロントサウルスの名前が消えた理由、ティラノサウルスはどれほど強かったか……。

07121-7
860円

1316
アベノミクスが変えた日本経済
野口旭（専修大学教授）

「三本の矢」からなるアベノミクスは、日本経済を長期デフレから脱却させることに成功しつつある。その現状を示し、その後必要となる「出口戦略」を提示する。

07123-1
820円

1317
絶滅危惧の地味な虫たち
小松貴（国立科学博物館協力研究員）　▼失われる自然を求めて

環境の変化によって滅びゆく虫たち。なかでも誰もが注目しないやつらに会うために、日本各地を探訪する。果たして発見できるのか？　虫への偏愛がダダ漏れ中！

07126-2
950円

1318
明治史講義【テーマ篇】
小林和幸　編（青山学院大学教授）

信頼できる研究を積み重ねる実証史家の知を結集。20のテーマで明治史研究の論点を整理し、変革と跳躍の時代を最新の観点から描き直す。まったく新しい近代史入門。

07131-6
1000円

6桁の数字はISBNコードです。頭に978-4-480をつけてご利用下さい。

川水軽くかゞやきて
たゞ速《すみや》かにながれたり
（そもこれはいづちの川のけしきぞも
人と屍《かばね》と群れながれたり）

あゝ流れたり流れたり
水いろなせる屍《しかばね》と
人とをのせて水いろの
水ははてなく流れたり

〔弓のごとく〕

弓のごとく
鳥のごとく
昧爽《まだき》の風の中より
家に帰り来《きた》れり

水部の線

きみがおもかげ　うかべんと
夜を仰げばこのまひる
蠟紙《らふし》に描《か》きし北上の
水線青くひかるなれ

竜や棲《す》みしと伝へたる
このこもりぬの辺《へ》を来れば
夜ぞらに泛《うか》ぶ水線の
火花となりて青々と散る

〔卑屈の友らをいきどほろしく〕

卑屈の友らをいきどほろしく
粘土地《ねんど》二《ち》片をはしりてよぎり
崖にて青草黄金なるを知り
のぼりてかれ草黄なるをふめば
白雪きららに落ち来るものか
一列赤赤ならべるひのき
ふたゝび卑屈の友らをおもひ
たかぶるおもひは雲にもまじへ
かの粘土地なるかの官庁に
灰鋳鉄《かいちうてつ》のいかりを投げよ

〔われかのひとをこととふに〕

われかのひとをこととふに
なにのけげんもあらざるを
なにゆゑかのとき協《かな》はざる
クラリオネットの玲瓏《れいろう》を
わらひ軋《きし》らせ
わらひしや

〔郡属伊原忠右エ門《ちゆうゑもん》〕

郡属伊原忠右エ門
科頭《くわとう》にゴムの靴はきて
冬の芝生をうちよぎり
南ちゞれし綿雲に
雨量計をぞさゝげたる
天狗巣病《てんぐす》にはあらねども
あまりにしげきこずえかな

〔まひるつとめにまぎらひて〕

まひるつとめにまぎらひて
きみがおもかげ来ぬひまは
こころやすらひはたらきし
そのことなにかねたましき

新月きみがおももちを
つきの梢《こずゑ》にかゝぐれば
凍れる泥をうちふみて
さびしく恋ふるこゝろかな

〔洪積の台のはてなる〕

洪積の台のはてなる
一ひらの赤き粘土地

桐《きり》の群白くひかれど
枝しげくたけ低ければ
鍛治町《かぢちやう》の米屋五助は
今日も来て灰を与へぬ

かなたにてきらめく川や
さてはまた遠山《とほやま》の雪
その枝にからすとまれば
ざんざんと実はうちゆるゝ

このときに教諭《けうゆ》白藤《しらふぢ》

灰いろのイムバネス着て
いぶかしく五助をながめ
粘土地をよこぎりてくる

〔ゆがみつゝ月は出で〕

ゆがみつゝ月は出で
うすぐもは淡くにほへり

汽車のおとはかなく
恋ごゝろ風のふくらし

ペンのさやうしなはれ
東に山の稜《かど》白くひかれり

汽車の音はるけく
なみだゆゑに松いとくろし

かれ草はさやぎて
わが手帳たゞほのかなり

セレナーデ

恋　歌

江《え》釣子《づりこ》森《もり》の右肩に
雪ぞあやしくひらめけど
きみはいまさず
ルーノの君は見えまさず

夜《よる》をつまれし枕木《まくらぎ》黒く
群あちこちに安けれど
きみはいまさず

機関車の列湯気吐きて
とゞろにしばし行きかへど
きみはいまさず
ポイントの灯はけむれども
ルーノのきみの影はなき

あゝきみにびしひかりもて
わが青じろき額《ぬか》を射ば
わが悩《なやみ》あるは癒《い》えなんに

〔鷺《さぎ》はひかりのそらに餓《う》ゑ〕

鷺はひかりのそらに餓ゑ
羊歯《しだ》にはそゝぐきりさめを
あしきテノールうちなして
二人の紳士　森を来る

〔甘藍《かんらん》の球《たま》は弾《はじ》けて〕

甘藍の球は弾けて
青ぞらに白雲の房
呑屋《のみや》より二人の馬丁《ばてい》
よろめきてあらはれ出《い》づる

〔りんごのみきのはいのひかり〕

りんごのみきのはいのひかり
腐植《ふしょく》のしめりのつちに立てり
根ぎはの朽《く》ちの褐《かつ》なれば
どう枯《がれ》病をうたがへり
天のつかれの一方に
その果《み》　朱金《しゅきん》をくすぼらす

会計課

九時六分のかけ時計
その青じろき盤面《ダイアル》に
にはかに雪の反射来て
パンのかけらは床に落ち
インクの雫《しづく》かはきたり

〔昤々《れいれい》としてひかれるは〕

昤々としてひかれるは
硫黄《いわう》ヶ岳の尾根の雪
雲灰白《かいはく》に亘《わた》せるは
鳥《てう》ヶ森《がもり》また駒頭山《こまがしら》

焼き枕木《まくらぎ》を負ひ行きて
水路に橋をなさんとや
雪の荒野のたゞなかを
小刻みに行く人のあり

職員室

歪《ゆが》むガラスのかなたにて
藤《ふぢ》をまとへるさいかちや
西は雪ぐも亘《わた》せるに
一ひらひかる天の青

ひるげせわしく事終へて
なにかそぐはぬひとびとの
暖炉を囲みあるものは
その石墨《せきぼく》をこそげたり

業《げふ》を了《を》へたるわかものの
官《つかさ》にあるは卑しくて
一たび村に帰りしは
その音づれも聞えざり

たまさかゆれしひばの間を
茶羅紗《ちやらしや》の肩をくすぼらし
校長門を出で行けば、
いよよにゆがむガラスなり

〔つめたき朝の真鍮《しんちう》に〕

つめたき朝の真鍮に
胸をくるしと盛りまつり
こゝろさびしくおろがめば
おん舎利《しやり》ゆゑにあをじろく
燐光《りんくわう》をこそはなちたまへり

烏《からす》百態

雪のたんぼのあぜみちを
ぞろぞろあるく烏なり

雪のたんぼに身を折りて
二声鳴けるからすなり

雪のたんぼに首を垂れ
雪をついばむ烏なり

雪のたんぼに首をあげ
あたり見まはす烏なり

雪のたんぼの雪の上
よちよちあるくからすなり

雪のたんぼを行きつくし
雪をついばむからすなり

たんぼの雪の高みにて
口をひらきしからすなり

たんぼの雪にくちばしを
ぢっとうづめしからすなり

雪のたんぼのかれ畦《あぜ》に
ぴょんと飛びたるからすなり

雪のたんぼをかぢとりて

ゆるやかに飛ぶからすなり
雪のたんぼをつぎつぎに
西へ飛びたつ烏なり

雪のたんぼに残されて
脚《あし》をひらきしからすなり

西にとび行くからすらは
あたかもごまのごとくなり

訓導

早くもひとり雪をけり
はるかの吹雪をはせ行くは
木鼠《きねずみ》捕りの悦治なり

三人ひとしくはせたちて
多吉ぞわらひ軋《きし》るとき
寅《とら》は溜《たま》りに倒れゐし

赤き毛布《けつと》にくるまりて
風くるごとに足小刻むは
十《とを》にたらざる児《こ》らなれや

吹雪きたればあとなる児
急ぎて前にすがりつゝ
一列遠くうすれ行く

月《がっ》天《てん》讃歌（擬古調）

兜《かぶと》の尾根のうしろより
月天ちらとのぞきたまへり

月天子ほのかにのぞみたまへども
野の雪いまだ暮れやらず
しばし山はにたゆたひおはす

決然として月天子
山をいでたち給ひつゝ
その横雲の黒雲の
さだめの席に入りませりけり

月天子まことはいまだ出でまさず
そはみひかりの異りて
赤きといとど歪みませると

月天子み丈のなかば黒雲に
うづもれまして笑《ゑ》み給ひけり
なめげにも人々高くもの云《い》ひつゝ
ことなく仰ぎまつりし故
月天子また山に入ります

　兜の尾根のうしろより
　さも月天子
　　ふたゝびのぞみ出でたまふなり

月天子こたびはそらをうちすぐる

氷雲のひらに座しまして
無生《むしやう》を観じたまふさまなり

月天子氷雲を深く入りませど
空華《くうげ》は青く降りしきりけり

月天子すでに氷雲を出でまして
雲あたふたとはせ去れば
いまは怨親平等《をんしんびやうどう》の
ひかりを野にぞながしたまへり

〔雲を濾《こ》し〕

雲を濾し
まことあかるくなりし空かな
子ら歓呼してことごとく
走り出でしも宜《むべ》なれや

風のひのきはみだるるみだるゝ

〔ま青《さお》きそらの風をふるはし〕

ま青きそらの風をふるはし
ひとりはたらく脱穀機《だっこくき》

R-R-r-r-r-r-r-r-r
脱穀小屋の庇《ひさし》の下に
首を垂れたる二疋の馬

R-R-r-r-r-r-r-r-r
粉雪おぼろにひかりたち
はるかにりりと鐘なれば
うなじをあぐる二疋《ひき》の馬
華《はな》やかなりしそのかみの
よきギャロップをうちふみて
うまやにこそは帰り行くなれ

〔最も親しき友らにさへこれを秘して〕
最も親しき友らにさへこれを秘して
ふたゝびひとりわがあえぎ悩めるに
不純の想を包みて病を問ふと名をかりて
あるべきならぬなが夢の
（まことにあらぬ夢なれや
われに属する財はなく
わが身は病と戦ひつ
辛《から》く業《げふ》をばなしけるを）
あらゆる詐術《さじゆつ》の成らざりしより
我を呪《のろ》ひて殺さんとするか
然《さ》らば記せよ
女と思ひて今日までは許しても来つれ
今や生くるも死するも
なんぢが曲意非礼を忘れじ
もしなほなれに
一分《いちぶ》反省の心あらば
ふたゝびわが名を人に言はず
たゞひたすらにかの大曼荼羅《だいまんだら》のおん前にして
この野の福祉を祈りつゝ
なべてこの野にたつきせん
名なきをみなのあらんごと
こゝろすなほに生きよかし

〔月光の鉛のなかに〕

月光の鉛のなかに
みどりなる犀《さい》は落ち臥《ふ》し
松の影これを覆《おほ》へり

丘

森の上《へ》のこの神楽殿《かぐらでん》
いそがしくのぼりて立てば
かくこうはめぐりてどよみ
松《まつ》の風頰《ほほ》を吹くなり

野をはるに北をのぞめば
紫波《しは》の城《き》の二本《ふたもと》の杉
かゞやきて黄ばめるものは
そが上に麦熟すらし

さらにまた夏雲の下
青々と山なみはばせ
従ひて野は澱《よど》めども
かのまちはつひに見えざり

うら〻かに野を過《よ》ぎり行く
かの雲の影ともなりて
きみがべにありなんものを

さもわれののがれてあれば
うすくらき古着の店に
ひとり居て祖父や怒らん
いざ走《は》せてこととふべきに

うちどよみまた鳥啼《な》けば
いよいよに君ぞ恋しき
野はさらに雲の影して
松の風日に鳴るものを

恋

草穂のかなた雲ひくき
ポプラの群にかこまれて
鐘塔《しょうたふ》白き秋の館《たち》

かしこにひとの四年《よとせ》居て
あるとき清くわらひける
そのことい とゞくるほしき

一〇七六　病中幻想　一九二七、六、一三、

罪はいま疾《やまひ》にかはり
たよりなくわれは騰《あが》りて
野のそらにひとりまどろむ

太虚《たいきよ》ひかりてはてしなく
身は水素より軽ければ
また耕さんすべもなし

せめてはかしこ黒と白
立ち並びたる積雲を
雨と崩して堕《お》ちなんを

〔馬行き人行き自転車行きて〕

馬行き人行き自転車行きて
しばし粉雪《こゆき》の風吹けり

絣合羽《かすりかつぱ》につまごはき
物噛《か》むごとくたゞずみて
大売り出しのビラ読む翁《おきな》
まなこをめぐる輻状《ふくじやう》の皺《しわ》

楽隊の音からおもてを見れば
雲は傷《やぶ》れて眼《まみ》痛む
西洋料理支那《しな》料理の
三色文字は赤より暮るゝ

雪峡

塵《ちり》のごと小鳥なきすぎ
ほこ杉の峡《かひ》の奥より
あやしくも鳴るやみ神楽《かぐら》
いみじくも鳴るやみ神楽

たゞ深し天の青原
雲が燃す白金環と
白金の黒の窟《いはや》を
日天子《にってんし》奔《は》せ出でたまふ

機会

恋のはじめのおとなひは
かの青春に来《きた》りけり
おなじき第二神来《しんらい》は
蒼《あを》き上着にありにけり
その第三は諸人《もろびと》の
栄誉のなかに来りけり
いまおゝその四愛憐《しあいれん》は
何たるぼろの中に来しぞも

〔われらひとしく丘に立ち〕

われらひとしく丘に立ち
青ぐろくしてぶちうてる
あやしきもののひろがりを
東はてなくのぞみけり
そは巨《おほ》いなる塩の水
海とはおのもさとれども
伝へてきゝしそのものと
あまりにたがふこゝちして
たゞうつゝなるうすれ日に
そのわだつみの潮騒ゐの
うろこの国の波がしら
きほひ寄するをのぞみゐたりき

四八　黄泉路《よみぢ》　アリイルスチュアール　一九二七

(房中《ばうちゆう》寒くむなしくて
灯は消え月は出でざるに
大なる恐怖《くふ》の声なして
いま起《た》ちたるはそも何ぞ!……
わが知るものの霊《たましひ》よ
何とてなれは来りしや?)
　(君は云《い》へりき　わが待たば
　　君も必ず来《きた》らんと……)
(愛《いと》しきされど愚かしき
遥《はる》けくなれの死しけるを
亡きと生けるはもろ共に
行き交《か》ふことの許されね
いざはやなれはくらやみに
われは愛にぞ行くべかり)

（ゆふべはまことしかるらん
　今宵《こよひ》はしかくあらぬなり）
（とは云《い》へなれは何をもて
ひととわれとをさまたぐる
そのひとまことそのむかし
汝《な》がありしごと愛《いと》しきに
しかも汝はいま亡きものを！）
　（しかも汝《なれ》とていまは亡し）

〔たゞかたくなのみをわぶる〕

……たゞかたくなのみをわぶる
　なにをかひとにうらむべき……

ましろきそらにはゞたきて
ましろきそらにたゆたひて
百舌《もず》はいこひをおもふらし

宅地

白日雲の角に入り
害条桐《がいでうきり》を辞し堕《お》ちぬ
黒き豚《ゐのこ》は巣を出でて
キャベヂの茎を穿《うが》ちたり

〔そのかたち収得に似て〕

そのかたち収得《しうとく》に似て
面《おも》赤く鼻たくましき
その云《い》ふや声肝《きも》にあり
その行くや犠《にへ》を索《もと》むる

〔青びかる天弧のはてに〕〔断片〕

青びかる天弧のはてに
きら丶かに町はうかびて
六月のたつきのみちは
いまやはた尽きはてにけり

いさ丶かの書籍とセロを
思ふま丶〔以下なし〕

〔いざ渡せかし　おいぼれめ〕

「いざ渡せかし　おいぼれめ
いつもこ丶にて日を暮らす」
すぱとたばこを吸ひやめて

「何を云《い》ふともこの飯の
煮たたぬうちに　立つべしや」
芋の子頭白髪《しらが》して
おきなは梢《ほだ》を加へたり

盛岡中学校

木柵《もくさく》に注《そそ》ぐさ霧と
幹彫《ゑ》れる桐《きり》のいくもと
白堊城《はくあじやう》秋のガラスは
ひらごとにうつろなりけり
一鐘《いつしよう》のラッパが鳴りて
急ぎ行く港《みなと》先生
気乗りせぬフットボールを
村久《むらきう》のさびしく立てる

Romanzero　開墾

落ちしのばらの芽はひかり
樹液はしづにかはたれぬ
あゝこの夕つゝましく
きみと祈らばよからんを
きみきたらずばわが成さん
この園つひにむなしけん
西天《せいてん》黄ばみにごれるに
雲の黒〔一字不明〕の見もあえず

〔館《たち》は台地のはななれば〕

館は台地のはななれば
鳥は岬《みさき》の火とも見つ
香魚《あゆ》釣る人は藪《やぶ》と瀬を
低くすかしてわきまへぬ

鳥をまがへる赤き蛾《が》は
鱗粉《りんぷん》きらとうちながし
緑の蝦《えび》を僭《おか》しつゝ
浮塵子《うんか》あかりをめぐりけり

〔二川こゝにて会したり〕

（二川こゝにて会したり）
（いな、和賀の川水《みづ》雪代《ゆきしろ》ふ
夏油《げたう》のそれの十なれば
その川ここに入ると云《い》へ）

藍《あゐ》と雪とのうすけぶり
つらなる尾根のかなたより
夏油の川は巌《いはき》截りて
ましろき波をながしきぬ

百合《ゆり》を掘る

百合掘ると　唐鍬《トガ》をかたぎつ
ひと恋ひて　林に行けば
濁《にご》り田に　白き日輪
くるほしく　うつりゆれたる

友らみな　大都のなかに
入学の　試験するらん
われはしも　身はうち疾《や》みて
こゝろはも　恋に疲れぬ

森のはて　いづくにかあれ
子ら云《い》へる　声ほのかにて
はるかなる　地平のあたり
汽車の音　行きわぶごとし

このまひる　鳩のまねして
松森《まつもり》の　うす日のなかに
いとちさき　百合のうろこを
索《もと》めたる　われぞさびしき

国柱会

外《と》の面《も》には春日《はるひ》うららに
ありとあるひびきなせるを
灰いろのこの館《やかた》には
百の人　けはひだになし

台の上　桜はなさき
行楽の　士女さゞめかん
この館《たち》はひえびえとして
泉石を　うち繞《めぐ》りたり

大居士《だいこじ》は　眼《まなこ》をいたみ
はや三月　人の見るなく
智応《ちおう》氏はのどをいたづき
巾《きれ》巻きて廊に按《あん》ぜり

崖下《がけした》にまた笛鳴りて
東へと　とゞろき行くは
北国の春の光を
百里経て汽車の着きけん

〔なべてはしけく　よそほひて〕

なべてはしけく　よそほひて
暁《あかつき》惑《まど》ふ　改札を
ならび出づると　ふりかへる
人なきホーム　陸の橋
歳《とし》に一夜《ひとよ》の　旅了《を》へし
をとめうなゐの　ひとむれに
黒きけむりを　そら高く
職場は待てり　春の雨

〔雲ふかく　山裳《やまも》を曳《ひ》けば〕

雲ふかく
山裳を曳けば
きみ遠く去るにかも似ん
丘群《をかむら》に
日射し萌《も》ゆれば
きみ来り訪《と》ふにも似たり

僧園

星のけむりの下にして
石組黒くひそめるを
さもあしざまに鳴き棄《す》てつ
かくこう一羽北に過ぎたり

夜のもみぢの木もそびえ
御堂《みだう》の屋根も沈めるを
さらに一羽の鳥ありて
寒天質《アガーチナス》の闇に溶けたり

釜石よりの帰り

かぎりなく鳥はすだけど
こゝろこそいとそゞろなれ

竹行《かう》り小《ちさ》きをになひ
雲しろき飯場《はんば》を出でぬ

みちのべにしやが花さけば
かうもりの柄こそわびしき

かすかなる霧雨ふりて
丘はたゞいちめんの青
谷あひの細き棚田に
積まれつゝ廐肥《こえ》もぬれたり

祭日〔二〕

アナロナビクナビ　睡《ねむ》たく桐《きり》咲きて
峡《かひ》に瘧《おこり》のやまひつたはる
ナビクナビアリナリ　赤き幡《はた》もちて
草の峠を越ゆる母たち
ナリトナリアナロ　御《み》堂《だう》のうすあかり
毘《び》沙《しや》門《もん》像に味《み》噌《そ》たてまつる
アナロナビクナビ　踏まるゝ天《あま》の邪《じや》鬼《く》
四《よ》方《も》につゝどり鳴きどよむなり

叔母枕《ちん》頭《とう》

七月はさやに来《きた》れど
人はなほ故《ゆゑ》知らに病《や》み
日すぎ来し白雲の野は
さびしくも掃《は》き浄《きよ》めらる

宗谷〔二〕

まくろなる流れの岸に
根株《ねかぶ》燃すゆふべのけむり
こらつどひかたみに舞ひて
たんぽゝの白き毛をふく

丘の上のスリッパ小屋に
媼《おうな》ゐてむすめらに云《い》ふ
かくてしも畑みな成りて
あらたなる艱苦《かんく》ひらくと

製炭小屋

もろの崖《がけ》より　たゆみなく
朽ち石まろぶ　黒夜谷《こくやだに》
鳴きどよもせば　慈悲心鳥《じふいち》の
われにはつらき　睡《ねむ》りかな

榾《ほだ》組み直し　ものおもひ
ものうちおもひ　榾組みて
はやくも東　谷のはて
雲にも朱《あけ》の　色立ちぬ

宗谷〔二〕

そらの微光にそゝがれて
いま明け渡る甲板《かんぱん》は
綱具《つなぐ》やしろきライフヴイ
あやしく黄ばむ排気筒

はだれに暗く緑《みどり》する
宗谷岬のたゞずみと
北はま蒼《さを》にうち睡《ねむ》る
サガレン島の東尾《ひがしを》や

黒き葡萄《ぶだう》の色なして
雲いとひくく垂《た》れたるに
鉛の水のはてははや
朱金《しゆきん》一すじかゞやきぬ

髪を正しくくしけづり
セルの袴《はかま》のひだ垂れて
古き国士のおもかげに
日の出を待てる紳士あり

船はまくろき砒《ひ》素鏡《そきやう》を
その来しかたにつくるとき
漂ふ黒き材木と
水うちくぐるかいつぶり

俄《には》かに朱金うち流れ
朝日潰《つぶ》ひて出で立てば
紳士すなはち身を正し

高く柏手《かしはで》うちにけり

時にあやしやその古金《こきん》
雲に圧《お》さるゝかたちして
次第に潰《つぶ》ひ平《たひ》らめば
紳士怪《け》げんのおもひあり

その虚の像のま下より
古めけるもの燃ゆるもの
湧きたゝすもの融くるもの
まことの日こそのぼりけり

舷側《ふなばた》は燃えヴイも燃え
綱具《つなぐ》を燃やし筒をもし
紳士の面《おも》を彩りて
波には黄金《きん》の柱しぬ

〔棕梠《しゆろ》の葉やゝに痙攣《けいれん》し〕

棕梠の葉やゝに痙攣し
陽光横目に過ぐるころ
湯屋には声のほのかにて
溝水《どぶ》ほとと落ちたるに
放蕩無頼《はうたうぶらい》の息子の大工
このとき古きスコットランドの
貴族風して戻り来《きた》れり

〔このみちの醸《かも》すがごとく〕

このみちの醸すがごとく
粟葉《あはば》などひかりいでしは
ひがしなる山彙《さんゐ》の上に
黄なる月いざよへるなり

夏の草山とになひて
やうやくに人ら帰るを
なにをかもわがかなしまん
すゝきの葉露をおとせり

駅　長

ことことと行く汽車のはて
温石《をんじやく》いしの萓山《かや》の
上にひとつの松ありて
あるひは雷《らい》にうたれしや
三角標にまがへりと
大上段に　真鍮《しんちう》の
棒をかざしてさまよへり
ごみのごとくにあきつとぶ
高圧線のま下にて
秋をさびしき白服の
酒くせあしき土木技手
いましも汽車を避け了《を》へて
こなたへ来るといまははた
急ぎガラスを入りにけり

〔こはドロミット洞窟の〕

こはドロミット洞窟の
け寒く硬き床なるを
幾箇《いくこ》の環《かん》を嵌《は》められし
巨人の白き隻《せき》脚ぞ

かくて十二の十年は
事なきさまに燃え過ぐる

秘境

漢子《をのこ》　称して秘処といふ
その崖上にたどりしに
樺柏《かんばかしは》に囲まれて
ほうきだけこそうち群れぬ

漢子　首巾《しゆきん》をきと結ひて
黄ばめるものは熟したり
なはそを集へわれはたゞ
白きを得んと気おひ云《い》ふ

漢子が黒《くろ》き双《さう》の脚
大コムパスのさまなして
草地の黄金《きん》をみだるれば
峯の火口に風鳴りぬ

漢子は蕈《きのこ》を山と負ひ
首巾をやゝにめぐらしつ
東に青き野をのぞみ
にと笑《ゑ》みにつゝ先立ちぬ

〔霜枯れのトマトの気根〕

霜枯れのトマトの気根
その熟れぬ青き実をとり
手に裂《さ》かばさびしきにほひ
ほのぼのとそらにのぼりて
翔《か》け行くは二価アルコホール
落ちくるは黒雲のひら

〔雪とひのきの坂上に〕

雪とひのきの坂上に
粗き板もてゴシックを
辛く畳みて写真師の
聖《せい》のねぐらを営みぬ

ぼたと名づくる雪ふりて
いましめさけぶ橇《そり》のこら
よきデュイエットうちふるひ
ひかりて暮るゝガラス屋根

〔鉛のいろの冬海の〕

鉛のいろの冬海の
荒き渚《なぎさ》のあけがたを
家長は白きもんぱして
こらをはげまし急ぎくる

ひとりのうなゐ黄の巾《きれ》を
うちかづけるが足いたみ
やゝにおくるゝそのさまを
おとめは立ちて迎へゐる

　南はるかに亘《わた》りつゝ
　氷霧にけぶる丘丘は
　こぞはひでりのうちつゞき
　たえて稔《みの》りのなかりしを

日はなほ東海《ひがしうな》ばらや
黒棚雲《くろだなぐも》の下にして
褐砂《かつしや》に凍《い》てし船の列
いまだに夜をゆめむらし

鉛のいろの冬海の
なぎさに子らをはげまして
いそげる父の何やらん
面《おも》にはてなきうれひあり

あゝかのうれひけふにして
晴れなんものにありもせば
ことなきつねのまどひして
こよひぞたのしからましを

小《せう》祠《し》

赤き鳥居はあせたれど
杉のうれ行く冬の雲
野は殿堂の続きかな

よくすかれたる日本紙は
一年風に完《また》けきを
雪の反射に知りぬべし

かしこは一の篩《ふるひ》にて
ひとまづそこに香《か》を浄《きよ》み
入り来るなりと云《い》ひ伝ふ

雪の堆《うづみ》のなかにして
りゝと軋《きし》れる井戸車
野は楽《がく》の音《ね》に充《み》つるかな

対酌《しやく》

嘆きあひ　酌《く》みかうひまに
灯はとぼり　雑木は昏《く》れて
滝やまた　稜《かど》立つ巌《いは》や
雪あめの　ひたに降りきぬ

「ただかしこ　淀《よど》むそらのみ
かくてわが　ふるさとにこそ」
そのひとり　かこちて哭《な》けば
狸《たぬき》とも　眼《まみ》はよぼみぬ

「すだけるは　孔雀《くじやく》ならずや
ああなんぞ　南の鳥を
ここにして　悲しましむる」
酒ふくみ　ひとりも泣きぬ

いくたびか　鷹《たか》はすだきて
手拭《てぬぐひ》は　雫《しづく》をおとし
玻璃《はり》の戸の　山なみをたゞ
三月のみぞれは　翔《か》けぬ

不《ふ》軽《きやう》菩《ぼ》薩《さつ》

あらめの衣身にまとひ
城より城をへめぐりつ
上慢四衆《じやうまんししゆ》の人ごとに
菩薩は礼《らい》をなしたまふ

（われは不軽ぞかれは慢
こは無明《むみやう》なりしかもあれ
いましも展《ひら》く法性《ほつしやう》と
菩薩は礼をなし給ふ）

われ汝等《なんだち》を尊敬す
敢《あへ》て軽賤《きやうせん》なさざるは
汝等作仏《さぶつ》せん故と
菩薩は礼をなし給ふ

（こゝにわれなくかれもなし
たゞ一乗《いちじよう》の法界《ほつかい》ぞ
法界をこそ拝すれと
菩薩は礼をなし給ふ）

この無智《ち》の比丘《びく》いづちより
来りてわれを軽《かろ》しむや
もとよりわれは作仏せん
凡愚の輩をおしなべて
われに授記する非礼さよ
あるは怒りてむちうちぬ

〔聖なる窓〕

聖なる窓
そらのひかりはうす青み
汚点《しみ》ある幕はひるがへる
Oh, my reverence !
Sacred St. Window !

〔われはダルケを名乗れるものと〕

われはダルケを名乗れるものと
つめたく最后《ご》のわかれを交《か》はし
閲覧室の三階より
白き砂をはるかにたどるこゝちにて
その地下室に下り来《きた》り
かたみに湯と水とを呑《の》めり
そのとき瓦斯《ガス》のマントルはやぶれ
焰《ほのほ》は葱《ねぎ》の華なせば
網膜半《なか》ば奪はれて
その洞《ほら》黒く錯乱せりし

かくてぞわれはその文《ふみ》に
ダルケと名乗る哲人と
永久《とは》のわかれをなせるなり

県　道

鳥居の下の県道を
砂塵《さぢん》おぼろにあとひきて
青竹《あをたけ》いろのトラック過ぐる

枝垂《しだれ》の栗《くり》の下影に
鳥獣戯画《てうじうぎが》のかたちして
相撲《すまふ》をとれる子らもあり

〔かくまでに〕

かくまでに
心をいたましむるは
薄明穹《はくめいきう》の黒き血痕《けつこん》
新らしき
見習士官の肩章をつけ
ながが恋敵《こひがたき》笑ひ過ぐるを

隼《はや》人《と》

あかりつぎつぎ飛び行けば
赭《あか》ら顔黒装束《くろしやうぞく》のその若者
こゝろもそらに席に帰れり

衢《まち》覆ふ膠朧光《かうろうくわう》や
夜の穹窿《きうりう》を見入りつゝ
若者なみだうちながしたり

大森をすぎてその若者ひそやかに
写真をいだし見まもりにけり

　げに一夜
写真をながめ泪《なみだ》ながし
駅々の灯を迎へ送りぬ

山山に白雲かゝり夜は明けて
若者やゝに面《おも》をあげ
田原《たばる》の坂の地形を説けり

　赭《あか》ら顔黒装束のその隼人《はやと》
歯磨《はみがき》などをかけそむる

〔せなうち痛み息熱く〕

せなうち痛み息熱く
待合室をわが得るや
白き羽せし淫《たは》れめの
おごりてまなこうちつむり
かなためぐれるベンチには
かって獅子《しし》とも虎《とら》とも呼ばれ
いま歯を謝せし村長の
頬明《ほあか》き孫の学生《がくしやう》を
侍童《じどう》のさまに従へて
手袋の手をかさねつゝ
いとつゝましく汽車待てる
外《と》の面俥《もくるま》の往来《ゆきき》して
雪もさびしくよごれたる
二月の末のくれちかみ

十貫《じつかん》二十五戋《せん》にて
いかんぞ工場立たんなど
そのかみのシャツそのかみの
外套《たう》を着て物思《も》ふは
こゝろ形をおしなべて
今日落魄《らくはく》のはてなれや
とは云《い》へなんぞ人人の
なかより来り炉《ろ》に立てば
遠き海見るさまなして
ひとみやさしくうるめるや
ロイドめがねにはし折りて
丈《たけ》なすせなの荷をおろし
しばしさびしくつぶやける
その人なにの商人ぞ

はた軍服に剣欠《か》きて
みふゆはややにうら寒き
黄なるりんごの一籠《ひとかご》と
布のかばんをたづさえし
この人なにの司《つかさ》ぞや
見よかの美《は》しき淫《たは》れめの
いまはかなげにめひらける
その瞳《ひとみ》くらくよどみつゝ
かすかに肩のもだゆるは
あはれたまゆらひらめきて
朽ちなんいのちかしこにも
われとひとしくうちなやみ
さびしく汽車を待つなるを

〔ひとひははかなくことばをくだし〕

ひとひははかなくことばをくだし
ゆふべはいづちの組合にても
一車《いつしや》を送らんすべなどおもふ
さこそはこゝろのうらぶれぬると
たそがれさびしく車窓によれば
外《と》の面《も》は磐井《いはゐ》の沖積層《ちゆうせきそう》を
草火のけむりぞ青みてながる

屈撓《くつたふ》余りに大なるときは
挫折の域にも至りぬべきを
いままた怪《け》しくせなうち熱《ほて》り
胸さへ痛むはかっての病
ふたゝび来しやとひそかに経れば
芽ばえぬ柳と残りの雪の
なかばはいとしくなかばはかなし

あるひは二列の波ともおぼえ
さらには二列の雲とも見ゆる
山なみへだてしかしこの峡《かひ》に
なほかもモートルとゞろにひゞき
はがねのもろ歯の石噛《か》むま下
そこにてひとびとあしたのごとく
けじろき石粉《いしこ》をうち浴ぶらんを

あしたはいづこの店にも行きて
一車をすゝめんすべをしおもふ
かはたれはかなく車窓によれば
野《の》の面《つら》かしこははや霧なく
雲のみ平らに山地に垂るゝ

スタンレー探険隊に対する二人のコンゴー土人の演説

演説者
白人　白人　いづくへ行くや
こゝを溯《のぼ》らば毒の滝
がまは汝《なんぢ》を膨《ふく》らまし
鰐《わに》は汝の手を食はん

証明者
ちがひなしちがひなし
がまは汝の舌を抜き
鰐は汝の手を食はん

白人　白人いづくへ行くや
こゝより奥は　暗《やみ》の森
藪《やぶ》は汝の足をとり

蕈《きのこ》は汝を腐らさん

ちがひなしちがひなし
藪は汝の足をとり
蕈は汝を腐らさん

白人白人　いづくへ行くや
こゝを昇らば熱の丘
赤は　汝をえぼ立たせ
黒は　汝を乾かさん

ちがひなしちがひなし
赤は汝をえぼ立たせ
黒は汝を乾かさん

白人　白人　いづくへ行くや
こゝを過ぐれば　化《ばけ》の原
蛇はまとはん　なんぢのせなか
猫は遊ばんなんぢのあたま

　　ちがひなしちがひなし
　　蛇はまとはん　なんぢのせなか
　　猫は遊ばんなんぢのあたま

白人　白人　いづくへ行くや
原のかなたはアラヴ泥
どどどどどうと押し寄せて
汝らすべて殺されん

　　ちがひなし　ちがひなし
　　どどどどどうと押し寄せて
　　汝らすべて殺されん
（このときスタンレー〔数文字不明〕こらへかねて
噴き出し土人は叫びて遁《に》げ去る）

敗れし少年の歌へる

ひかりわななくあけぞらに
清麗《せいれい》サフィアのさまなして
きみにたぐへるかの惑星《ほし》の
いま融け行くぞかなしけれ

雪をかぶれるびゃくしんや
百の海岬《かいかふ》いま明けて
あをうなばらは万葉《まんえふ》の
古きしらべにひかれるを

夜はあやしき積雲の
なかより生《あ》れてかの星ぞ
さながらきみのことばもて
われをことひ燃えけるを

よきロダイトのさまなして
ひかりわなゝくかのそらに
溶け行くとしてひるがへる
きみが星こそかなしけれ

〔くもにつらなるでこぼこがらす〕

くもにつらなるでこぼこがらす
杜《もり》のかなたを赤き電車のせわしき往来《ゆきき》
べっ甲めがねのメフェスト

〔土をも掘らん汗もせん〕

土をも掘らん汗もせん
まれには時に食《は》まざらん
さあれわれらはわれらなり
ながともがらといと遠し

にくみいかりしこのことば
いくそたびきゝいまもきゝ
やがてはさのみたゞさのみ
わが生き得んと
うしなへるこゝろと
くらきいたつきの
さなかにわれもうなづきなんや

〔あくたうかべる朝の水〕

あくたうかべる朝の水
ひらととびかふつばくらめ
苗《なへ》のはこびの遅ければ
熊《くま》はぎしり雲を見る

苗つけ馬を引ききたり
露のすぎなの畔《あぜ》に立ち
権《ごん》は朱塗《しゆぬり》の盃《さかづき》を
ましろきそらにあふぐなり

中尊寺 〔二〕

白きそらいと近くして
みねの方《かた》鐘さらに鳴り
青葉もて埋《うづ》もる堂の
ひそけくも暮れにまぢかし

僧ひとり縁《えん》にうちゐて
ふくれたるうなじめぐらし
義経の彩《あや》ある像を
ゆびさしてそらごとを云《い》ふ

火渡り

竜王の名をしるしたる
紺《こん》の旗黄と朱《あけ》の旗
さうさうと焔《ほのほ》はたちて
葉桜の梢《こずゑ》まばゆし

布をもてひげをしばりし
行者なほ呪《じゆ》をなしやめず
にくさげに立ちて見まもる
軍帽をかぶれる教師

〔こゝろの影を恐るなと〕

こゝろの影を恐るなと
まことにさなり　さりながら
こゝろの影のしばしなる
そをこそ世界現実といふ

〔モザイク成り〕

モザイク成り
住人は窓より見るを
何ぞ七面鳥の二所をけちらし窪《くぼ》めしや
　何の花を移してこゝを埋《うづ》めん
然りたゞ七面鳥なんぢそこに座して動かざれ
　然り七面鳥動くも又可なり
なんぢ事務長のひいきする
花

〔夕陽は青めりかの山裾《やますそ》に〕

夕陽は青めりかの山裾に
ひろ野はくらめりま夏の雲に
かの町はるかの地平に消えて
おもかげほがらにわらひは遠し

ふたりぞたゞのみさちありなんと
おもへば世界はあまりに暗く
かのひとまことにさちありなんと
まさしくねがへばこころはあかし

いざ起《た》てまことのをのこの恋に
もの云《い》ひもの読み苹果《りんご》を喰《は》める
ひとびとまことのさちならざれば
まことのねがひは充《み》ちしにあらぬ

夕陽は青みて木立はひかり
をちこちながる丶草取うたや
いましものびたつ稲田の氈《せん》に
ひとびと汗してなほはたらけり

農学校歌

日ハ君臨シカガヤキハ
白金《ハクキン》ノ雨ソソギタリ
ワレラハ黒キ土ニ俯《フ》シ
マコトノ草ノタネマケリ

日ハ君臨シ穹窿《キウリウ》ニ
ミナギリ亘《ワタ》ス青ビカリ
光ノ汗ヲ感ズレバ
気圏ノキワミクマモナシ

日ハ君臨シ玻璃《ハリ》ノマド
清澄《セイチヨウ》ニシテ寂《シツ》カナリ
サアレヤミチヲ索《モト》メテハ
白堊《ア》ノ霧モアビヌベシ

日ハ君臨シカヾヤキノ
太陽系ハマヒルナリ
ケハシキ旅ノナカニシテ
ワレラヒカリノミチヲフム

火の島　（Weber 海の少女の譜）

海鳴りのとゞろく日は
船もより来ぬを
火の山の燃え熾《さか》りて
雲のながるゝ
海鳴り寄せ来る椿《つばき》の林に
ひねもす百合掘り
今日もはてぬ

歌稿

本篇の短歌の下に付した数字は、二種残された「歌稿」（手書き草稿としてまとめられ、現在では〔A〕・〔B〕と名付けられているが、先駆形〔A〕を踏まえつつ、改めて成立したのが〔B〕である）を対照させ、相互に異稿関係にある短歌に同一番号を付した通し番号である。本文は「歌稿〔B〕」の最終形によったが、「歌稿〔A〕」のみに収録された作品の場合は、「歌稿〔B〕」にはその番号を欠くことになる。それらの作品は、相当する番号を付して、「歌稿補遺」に収録した。

また、草稿中に、のちに書き加えられた短歌がある場合、これを区別するために一字下げにして、さらに既存の前後の番号を重ねる形で示している。(0)(1)a は、(1)の歌の前に書き込まれたこと、(4)(5)a は、(4)と(5)の間に書き込まれたことを示している。書き込まれた短歌が複数ある場合は、a、b、cの順で示している。ただし、99〜104の六首、135〜139の五首は削除され、171、455の短歌の位置は「歌稿〔A〕」と異りがある。

なお、短歌本文は、草稿の状態に合わせて、各首、一行書きの場合は一段に、分かち書きの場合は二段に組んだ。

〔明治四十二年四月より〕

中の字の徽章《きしやう》を買ふとつれだちてなまあたたかき風に出でたり (0)(1)[a]

父よ父よなどて舎監の前にしてかのとき銀の時計を捲《ま》きし (0)(1)[b]

藍《あゐ》いろに点などうちし鉛筆を銀茂《ぎんも》よわれはなどほしからん (0)(1)[c]

公園の円き岩べに蛭石《ひるいし》をわれらひろへばぼんやりぬくし (0)(1)[d]

のろぎ山のろぎをとればいたゞきに黒雲を追ふその風ぬるし (0)(1)[e]

のろぎ山のろぎをとりに行かずやとまたもその子にさそはれにけり (0)(1)[f]

キシキシと引上げを押しむらさきの石油をみたす五つのラムプ (0)(1)[g]

タオルにてぬぐひ終れば台ラムプ石油ひかりてみなまめかし (0)(1)[h]

うすあかき夕ぐれぞらに引きあげのラッパさびしく消えて行くなり

$\begin{pmatrix}0\\1\end{pmatrix}_{i}$

あざむかれ木村雄治は重曹をインクの瓶に入れられにけり

$\begin{pmatrix}0\\1\end{pmatrix}_{j}$

ホーゲーと焼かれたるまゝ岩山は青竹いろの夏となりけり

$\begin{pmatrix}0\\1\end{pmatrix}_{k}$

鬼越《おにこし》の山の麓《ふもと》の谷川に瑪《め》瑙《なう》のかけらひろひ来りぬ

$\begin{pmatrix}0\\1\end{pmatrix}_{l}$

明治四十四年一月より

※

み裾《すそ》野は雲低く垂れすゞらんの
白き花咲き　はなち駒《ごま》あり　（1）

※

這《は》ひ松の雲につらなる山上の
たひらにそらよいま白み行く　（2）

這ひ松の
なだらを行きて
息吐《つ》ける
阿部のたかしは
がま仙に肖《に》る　（2）（4）[a]

※

冬となりて梢《うれ》みな黝《くろ》む丘の辺に
夕陽をあびて白き家建てり　（4）

雲くらく東に畳み
岩山の
三角標も見えわかぬなり　（4）（5）[a]

小岩井の育牛長の一人子と
この一冬は机ならぶる　（4）（5）[b]

※

臥《ふ》してありし
丘にちらばる白き花
黎明《れいめい》のそらのひかりに見出でし　（5）

鉄砲が
つめたくなりて
みなみぞら
あまりにしげく
星　流れたり　（5）（6）[a]

鉄砲を
胸にいだきて
もそもそと
菓子を
食へるは
吉野なるらん

（5）（6）b

※

ひがしぞら
かゞやきませど丘はなほ
うめばちさうの夢をたもちつ

（6）

ひとびとに
おくれてひとり
たけたかき
橘川《きつかは》先生野を過《よ》ぎりけり

（6）（7）a

追ひつきおじぎをすれば
ふりむける

先生の眼《め》はヨハネのごとし

（6）（7）b

※

家三むね
波だちどよむかれ蘆《あし》の
なかにひそみぬうす陽《び》のはざま

（7）

新らしく買ひしばかりの外套《ぐわいたう》を
その児来りて貸し行きにけり

（7）（8）a

午《ひる》なれば山県《やまがた》舎監千田《ちだ》舎監
佐々木《さゝき》舎監も帰り来るなり

（7）（8）b

※

中尊寺
青葉に曇る夕暮の
そらふるはして青き鐘鳴る

（8）

※

桃青《たうせい》の
夏草の碑はみな月の
青き反射のなかにねむりき

（9）

※

まぼろしとうつつとわかずなみがしら
きほひ寄せ来るわだつみを見き　（10）

※

河岸の杉のならびはふくらふの
声に覚ゆるなつかしさもつ　（11）

※

とろとろと甘き火をたきまよなかの
み山の谷にひとりうたひぬ　（12）

＊

竜王をまつる黄の旗紺の旗
行者火渡る日のはれぞらに　（13）

＊

楽手らのひるは銹《さ》びたるひと瓶の
酒をわかちて　戯《ざ》れごとを言ふ　（14）

※

たいまつの火照《ほて》りに見れば木のみどり
岩のたちまひ胸ぞ鳴りくる　（15）

※

雲垂れし裾《すそ》野のよるはたいまつに
人をしたひて　野馬馳《は》せくる　（16）

※

そらいろのへびを見しこそかなしけれ
学校の春の遠足なりしが　（17）

十二室

青々と木の芽は暮れてどの室もむつとあたたかきランプのいきれ　（17）a（18）a

ラムプもちならびてあれば青々と廊下のはてに木の芽ゆれたり　（17）b（18）b

※

そら耳かいと爽《さは》やかに金鈴《きんれい》の

ひゞきを聞きぬ　しぐれする山 (18)

※

瞑《めい》すれば灰いろの家丘にたてり (19)
さてもさびしき丘に木もなく

※

みなかみのちさきはざまに建てられし (20)
村や淋しき田に植ゆる粟《あは》

※

やうやくに漆《うるし》赤らむ丘の辺《べ》を (21)
奇《あや》しき　袍《はう》の人にあひけり

ひとびとは
鳥のかたちに
よそほひて
ひそかに
秋の丘を
のぼりぬ
(21)(22)a

※

あはれ見よ月光うつる山の雪は
若き貴人の死蠟《しらふ》に似ずや (22)

※

肺病める邪教の家に夏は来ぬ (23)
ガラスの盤に赤き魚居て

※

高台の家に夏来ぬ　麦ばたけ (24)
時に農具のしろびかり見て

※

皮とらぬ芋の煮たるを配られし (25)
兵隊たちをあはれみしかな

※

白きそらは一すぢごとにわが髪を (26)
引くこゝちにてせまり来りぬ

※

鉛筆の削り屑《くず》よりかもしたる (27)
まくろき酒をのむこゝちなり

※

せとものひびわれのごとくほそえだは (28)
さびしく白きそらをわかちぬ

※

暮れ惑《まど》ふ　雪にまろべる犬にさへ
狐《きつね》の気ありかなしき山ぞ　(29)

雑木みな
髪のごとくに暮れたるを
黄の犬ありて

雪にまろべる　(29)(30)[a]

※

ひるもなほ星見るひとの眼にも似る
さびしきつかれ　早春のたび　(30)

※

うす白きひかりのみちに目とづれば
あまたならびぬ　細き桐《きり》の木　(31)

※

黒板は赤き傷受け雲垂れてうすくらき日をすすり泣くなり　(32)

この学士英語はとあれあやつれどかゝるなめげのしわざもぞする　(32)(33)[a]

※

いたゞきのつめたき風に身はすべて
剖《わか》れはつるもかなしくはあらじ　(33)

※

藪《やぶ》すべてたそがるゝころやうやくに
み山の谷にたどり入りぬる　(34)

※

鳶《とび》いろのひとみのおくになにごとか
悪しきをひそめわれを見る牛　(35)

※

愚かなるその旅人は殺されぬ
はら一杯にものはみしのち　(36)

※

泣きながら北に馳《はせ》せ行く塔などの
あるべきそらのけはひならずや　(37)

※

今日もまた宿場はづれの顔赤き
をんなはひとりめしを喰《く》へるぞ　(38)

※

深み行きてはては底なき淵《ふち》となる
夕ぐれぞらのふるひかなしも　(39)

※

から草はくろくちいさき実をつけて
風にふかれて秋は来にけり　(40)

こぬかぐさうつぼぐさかもおしなべて
かぼそきその実　風に吹かるゝ　(40)(41)[a]

※

山鳩《ばと》のひとむれ白くかがやきてひるがへり行く紺青《こんじやう》のそら　(41)

※

十月を白き花咲き実となれる草草に降る日かなしくもあるか　(42)

※

だんだんに実をつけ行きてつきみ草
いま十月の　末となりぬる　(43)

※

靴にふまれひらたくなりしからくさの
茎のしろきに　落つる夕《せき》陽　(44)

※

巨《おほ》いなる西の月見草のはなびら皺《しわ》み
ひかり出でたるそらの火もあり　(45)

※

山なみの暮の紫紺のそが西に
ふりそそぎたる黄のアークライト　(46)

※

専売局のたばこのやにのにほひもちてつめたく秋の風がふくまど　(47)

たばこやくにほひつめたく風吹きて　ひゞいれる白きペンキの窓を吹く風　(47)(48)[b]
今日も放課の　時間となりぬ　(47)(48)[a]
専売局のたばこを燃せるにほひもて　(47)(48)[c]
たばこ焼くにほひつめたく　秋の風ふく白き窓かな

※

なつかしきおもひでありぬ目薬のしみたる白きいたみの奥に　(48)

※

わが爪に魔が入りてふりそそぎたる　月光むらさきにかゞやき出でぬ　(49)

※

あすのあさは夜あけぬまへに発《た》つわれなり母は鳥の骨など煮てあり　(50)

※

鉄のさび赤く落ちたる砂利にたちてせわしく青き旗を振るひと　(51)

※

鉛などとかしてふくむ月光の重きにひたる墓山の木々　(52)

※

軸棒はひとばんなきぬ凍りしそら　ピチとひびいらん微光の下に　(53)

※

凍りたるはがねのそらの傷口にとられじとなくよるのからすらなり　(54)

※

かたはなる月ほの青くのぼるときからすはさめてあやしみ啼《な》けり (55)

※

鉛筆のこなによごれてひゞいれる白きペンキを風がふくなり (56)

※

霜ばしら丘にふみあれば学校のラッパがはるかに聞えきたるなり (57)

※

いくたびか愕《おど》ろきさめて朝となりしからすのせなかに灰雲がつき (58)

※

ブリキ缶がはらだゝしげにわれをにらむつめたき冬の夕方のこと (59)

※

灌木《くわんぼく》のかれ葉赤き実かやの穂の銀にまぢりて風に顫《ふる》ふか (60)

※

さいかちの莢《さや》のごとくからすら薄明のそらにうかびてもだすなりけり (61)

※

きら星のまたゝきに降る霜のかけら　墓の石石は月光に照り (62)

※

でこぼこの暖炉にそむきひるのやすみだまつて壁のしみを見てあり (63)

白きそらひかりを射けんいしころのごとくもちらばる丘のつちぐり (64)

※

つちぐりは石のごとくに散らばりぬ　凍《こご》えしがけのあかつちのたひら (65)

※

あかるかに赤きまぼろしやぶらじとするより立ちぬ二本のかれ木 (66)

※

あかるかに赤きまぼろしやぶらじとするより立ちぬ二本のかれ木 (66′)

※

湧《わ》き出でてみねを流れて薄明の黄なるうつろに消ゆる雲あり (67)

※

こぜわしく鼻をうごかし西ぞらの黄の一つ目をいからして見ん (68)

※

西ぞらの黄金《きん》の一つめうらめしくわれをながめてつとしづむなり (69)

※

厚朴《ほう》の芽は封蠟《ふうらふ》をもて堅められ氷のかけら青ぞらを馳《は》す (71)

※

粉薬は脳の奥までしみとほり痛み黄いろの波をつくれり (72)

※

屋根に来てそらに息せんうごかざるアルカリいろの雲よかなしも (73)

※

巨《おほき》なる人のかばねを見んけはひ谷はまくろく刻まれにけり　(74)

※

風さむき岩手のやまにわれらいま校歌をうたふ先生もうたふ　(75)

※

いたゞきの焼石を這《は》ふ雲ありてわれらいま立つ西火口原　(76)

※

石投げなば雨ふるといふうみの面《も》はあまりに青くかなしかりけり　(77)

※

泡つぶやく声こそかなしいざ逃げんみづうみの青の見るにたえねば　(78)

※

うしろよりにらむものありうしろよりわれらをにらむ青きものあり　(79)

大正三年四月

※

検温器の
青びかりの水銀
はてもなくのぼり行くとき
目をつむれり　われ

(80)

いそがしき
春なるものを
いづくまで
この水銀の
ひかり行くらん

(80)[a]
(81)[a]

いそがしき
春なるものを
水銀の
あゝいづちまで
ひかり行くらん

(80)[b]
(81)[b]

※

地平線
かゞやく紺もなにかせん
疾《やまひ》の熱に見え来るなれば

(81)

紺青の
地平線だにいかにせん
疾《や》み熱より
見ゆるものゆゑ

(81)[a]
(82)[a]

紺いろの
地平線さへ
浮びくる
やまひの
熱の

かなしからずや
(81)b (82)

※

湧《ゆう》水の
すべてをめぐり
ゆめさめて
またしかたなく口をつぐめり
(82)

※

朝の廊下
ふらめき行けば
目は痛し
木々のみどりとそらのひかりに
(84)

※

きんいろの
陽は射し入れど
そのひかり
弱き瞳《ひとみ》はかへつてかなし
(85)

※

学校の
志望はすてん

木々のみどり
弱きまなこにしみるころかな
(86)

※

そらにひかり
木々はみどりに
夏ちかみ
熱疾《や》みしのちのこの新らしさ
(87)

※

木々の芽は
あまりにも青し
薄明の
やまひを出でし身にしみとほり
(88)

※

われひとり
ねむられずねむられず
まよなかの窓にかゝるは
赭焦《あかこ》げの月
(89)

※

ゆがみひがみ

窓にかかれる赭《あか》こげの月
われひとりねむらず
げにものがなし
(90)

※

われ疾みて
かく見るならず
弦月よ
げに恐ろしきながけしきかな
(91)

※

まことかの鸚鵡《あうむ》のごとく息かすかに
看護婦たちはねむりけるかな
(92)

※

星もなく
赤き弦月たゞひとり
窓を落ち行くはたゞごとにあらず
(93)

※

ちばしれる
ゆみはりの月
わが窓に
まよなかきたりて口をゆがむる
(94)

※

月は夜の
梢《こずゑ》に落ちて見えざれど
その悪相はなほわれにあり
(95)

※

鳥さへも
いまは啼《な》かねば
ちばしれる
かの一つ目はそらを去りしか
(96)

※

よろめきて
汽車をくだれば
たそがれの小砂利は雨に光りけるかな
(97)

※

つつましく
午食《ごしよく》の鰤《ぶり》をよそへるは
たしかに蛇の青き皮なり
(105)

※

さかなの腹のごとく
青じろくなみうつほそうでは
赤酒を塗るがよろしかるらん　(110)

※

十秒の碧《あを》きひかりの去りたれば
かなしく
われはまた窓に向く　(111)

※

すこやかに
うるはしきひとよ
病みはて丶
わが目　黄いろに狐《きつね》ならずや　(112)

※

ほふらる丶
馬のはなしをしてありぬ
明き五月の病室にして　(113)

※

粘膜《ねんまく》の
赤きぼろきれ
のどにぶらさがれり
かなしきいさかひを
父とまたする　(115)

ぼろぼろに
赤き咽喉《のど》して
かなしくも
また病む父と
いさかふことか　(115)(116)[a]

※

風木木の
梢《こずゑ》にどよみ
桐の木に花咲く
いまはなにをかいたまん　(116)

※

雲はいまネオ夏型にひかりして桐の花桐の花やまひ癒えたり　(117)

※

そらしろし
屋根にきたりて
よごれたる柾《まさ》をみつむるこの日ごろかも

(119)

※

酒かすの
くさる丶にほひを
車ひく
馬かなしげにじつと嗅《か》ぎたり

(120)

※

蛭《ひる》が取りし血のかなだらひ
日記帳
学校ばかま　夕ぐれの家

(121)

血の盆を
蛭およぎゐて
この家に
夕陽は黄なり
夕陽は黄なり

(121)
(122)[a]

※

屋根に来れば
そらも疾《や》みたり
うろこぐも
薄明穹《はくめいきう》の発疹《はつしん》チブス

(122)

※

風さむし
屋根をくだらん
うろこぐも
ひろがりてそらは
やがてよるなり

(123)

※

ねむそよぎ
しら雲垂る丶朝の河原
からすのなかにて
われはかなしみ
あけがたの烏《からす》にまじり

(124)

みそぎ居れば
ねむの林に垂る丶しら雲　(124)(125)[a]

※

ふとそらに
あらはれいでて
なくひばり
そらにしらくもわれはうれへず　(125)

※

北のそら
見えずかなしも
小石原
ひかりなきくも
しづに這《は》ひつ丶　(126)

※

地に倒れ
かくもなげくを
こころなく
ひためぐり行くか
しろがねの月　(127)

※

たんぽぽを
見つめてあれば涙わく
額《ぬか》重きまま
五月は去りぬ　(128)

※

雨にぬれ
桑つみをれば
エナメルの
雲はてしなく
北に流る丶　(129)

桑つみて
きみをおもへば
エナメルの
雲はてしなく
北にながる丶　(129)(130)[a]

※

何とてなれ

かの岩壁の舌の上に立たざる
なんぢ　何とて立たざる

（130）

※

岩つばめ
むくろにつどひ啼《な》くらんか
大岩壁を
わが落ち行かば

（131）

※

さみだれに
このまゝ入らん
風ふけど
赤きガードと
森とけだるさ

（132）

※

わがあたま
ときどきわれに
ことなれる
つめたき天を見しむることあり

（134）

※

からすにはよもあらざらんその鳥の
その黒鳥の
羽音ぞ強き

（141）

からすには
よもあらざらん
その鳥の
その黒鳥の
水搏《う》てる音

（141）
（142）[a]

雨の雲
にはかに明し
その鳥の
その黒鳥の
水うてる音

（141）
（142）[b]

※

ふみ行かば
かなしみいかにふかからん
銀のなまこの

天津《あまつ》雲原

（142）

※

うす紅《あか》く
隈《くま》どられたるむらくもを
みつめて
屋根にたそがれとなる

（143）

※

濁り田に
白き日輪うつるなり
百合を掘らんと
林めぐれば

（144）

※

友だちの
入学試験ちかからん
林は百合の
嫩芽《わかめ》萌《も》えつゝ

（145）

※

またひとり
はやしに来て鳩のなきまねし
かなしきちさき
百合の根を掘る

（146）

※

あたま重き
ひるはさびしく
錫《すず》いろの
魚の目球をきりひらきたり

（147）

※

すずきの目玉
つくづくと空にすかし見れど
重きあたまは癒《い》えんともせず

（148）

※

ちいさき蛇の
執念の赤めを
綴《つづ》りたる
すかんぼの花に風が吹くなり

（149）

※

職業なきを
まことかなしく墓山の

麦の騒ぎを
ぢつと聞きゐたれ　(150)

※

たゞ遠き
夜の火にはこべ
かくわれは
よるひるそらの底にねがへり　(151)

※

金星の
瞑《めい》するときしわれなんだす
まことは北のそらはれぬゆゑ　(152)

※

対岸に
人　石をつむ
人　石を
積めどさびしき
水銀の川　(153)

※

すべり行く
水銀の川
そらしろく
つゆ来んけはひ鳥にもしるし　(154)

※

そらはいま
蟇《ひき》の皮もて張られたり
その黄のひかり
その毒のひかり　(155)

※

東には紫磨《しま》金色《こんじき》の薬師仏《やくしぶつ》
そらのやまひにあらはれ給ふ　(156)

※

いかに雲の原のかなしさ
あれ草も微風もなべて猩紅《しやうこう》の熱　(157)

※

火のごとき
むら雲飛びて薄明は
われもわが手もたよりなきかな　(158)

※

なつかしき
地球はいづこ
いまははや
ふせど仰げどありかもわかず

（159）

※

そらに居て
みどりのほのほかなしむと
地球のひとのしるやしらずや

（160）

※

わが住める
ほのほ青ばみ
いそがしく
ひらめき燃えて
冬きたるらし

（161）

※

げに馬鹿の
うぐひすならずや
蠍座《さそりざ》に
いのりさへするいまごろなくは

（171）

※

なにのために
ものをくふらん
そらは熱病
馬はほふられわれは脳病

（162）

※

六月の
十五日より雨ふると
日記につけんそれもおそろし

（163）

※

わなゝきの
あたまのなかに
白きそら
うごかずうごかず
さみだれに入る

（164）

※

ぼんやりと脳もからだも
うす白く
消え行くことの近くあるらし

（165）

※

目は紅く
関節多き動物が
藻《も》のごとく群れて脳をはねあるく

(166)

※

ものはみな
さかだちをせよ
そらはかく
曇りてわれの脳はいためる

(167)

※

この世界
空気の代りに水よみて
人もゆらゆら泡をはくべく

(168)

※

南天の
蝎《さそり》よもしなれ　魔ものならば
のちに血はとれまづ力欲し

(169)

※

雲ひくし
いとこしやくなる町の屋根屋根
栗《くり》の花
すこしあかるきさみだれのころ

(172)

※

あめも来ず
たゞどんよりといちめんの雲
しらくもの
山なみなみによどみかゝれる

(173)

※

思はずも
たどりて来しか　この線路
高地に立てど
目はなぐさまず

(174)

きみ恋ひて
くもくらき日を
あひつぎて
道化祭の山車は行きたり

(174)
(175)[a]

雲くらき線路をたどりいまぞ来し　(174)(175)b
この赤つちの丘のはづれに

※

君がかた
見んとて立ちぬこの高地　(175)
雲のたちまひ　雨とならしを

青じろき
苔《こけ》などしける
ひとひらの　(175)(176)a
高地に立てど
雲いとくらし

※

城址《しろあと》の
あれ草に臥《ね》てこゝろむなし　(176)
のこぎりの音風にまじり来

※

われもまた日雇《ひやとひ》に行きて
桑つまん

稼《かせ》がばあたま　癒《い》えんとも知れず　(177)

※

風ふけば
草の穂なべてなみだちて
汽車のひゞきの　(178)
なみだぐましき

※

山上の木にかこまれし神楽殿《かぐらでん》
鳥どよみなけば　(179)
われかなしむも

志和《しわ》の城の麦熟すらし
その黄いろ
きみ居るそらの　(179)(180)a
こなたに明し

神楽殿
のぼれば鳥のなきどよみ
いよよに君を

恋ひわたるかも

(179)
(180)[b]

※

はだしにて
よるの線路をはせきたり
汽車に行き逢へり
その窓明し

(180)

※

しろあとの
四《し》っ角《かく》山につめ草の
はなは枯れたり
月のしろがね

(181)

※

碧《あを》びかり
いちめんこめし西ぞらに
ぼうとあかるき城あとの草

(182)

※

行けど行けど
円《まろ》き菊石
をちぞらの　雲もひからず
水なき河原

(183)

※

さびしきは
壁紙の白
壁紙の　しろびかりもてながれたる川

(184)

山峡《かひ》は夕日に古び
はるばると
白の雲母《うんも》をながし来る川

(184)
(185)[a]

※

わが眼路《めぢ》の
遠き日ごとに山鳩《やまばと》は
さびしきうたを送りこすかも

(185)

※

しやが咲きて
きりさめ降りて
旅人は
かうもりがさの柄をかなしめり

(186)

※

しんとして
街にみちたる
陽《ひ》のしめりに
白菜のたばを母も見てあり

(188)

※

鉄橋の汽車に夕陽が落ちしとて
ここまでペンキ匂《にほ》ひくるかな

(189)

※

乾きたる
石をみつめてありしかな
薄陽《うすび》は河原いちめんに降り

(190)

※

いかにかく
みみづの死ぬる日なりけん
木かげに栗《くり》の花しづ降るを

(191)

※

いなびかり
くもに漲《みな》ぎり
家はみな
青き水路にならび立ちたり

(192)

※

いなびかり
またむらさきにひらめけば
わが白百合《しらゆり》は
思ひきり咲けり

(193)

夜の雨に
なかばいたみて
わが百合の
しづくひかれば
蚊《か》も来てふるへり

(193)
(194)[a]

※

いなびかり
みなぎり来れば
わが百合の
花はうごかずましろく怒れり

(194)

※

いなづまに

しば照らされて
ありけるに
ふと寄宿舎が恋しくなれり　(195)

※

夜のひまに
花粉が溶けて
わが百合は
黄いろに染みてそのしづく光れり　(196)

※

※

花さける
ねむの林のかはたれを
からすの尾ばね嗅《か》ぎつゝあるけり　(197)

いづくよりか
烏《からす》の尾ばね
落ちきたりぬ
ねむの林の
たそがれを行けば　(197)(198)[a]

※

いざよひの
月はつめたきくだものの
匂《にほひ》をはなちあらはれにけり　(198)

※

四時に起きて
支度ができて
発《た》ちたるに
はやくすばるもいでてありけり　(199)

※

黄なるあけがたのダリヤを盗《と》らんとて
くもにさびしき
かほりを送る　(200)

あけぞらの
黄なるダリヤを盗らんとて
さびしきにほひ
雲にふるえり　(200)(201)[a]

※

夜はあけぬ
ふりさけ見れば
山山の
白くもに立つでんしんばしら
(201)

※

清吉が
校長となりし
学校は
朝の黄雲に洗はれてあり
(202)

清吉が
校長になつた学校は
この日の出前
黄いろな雲に
洗はれてゐる
(202)(203)[a]

※

しづみたる
月の光はなほあれど夏の踊りの
もはやかなしき
(203)

※

羽ね抜けの
鶏あまたあめふりの
温泉宿をさまよひてけり
(204)

※

よるべなき
酸素の波の岸に居て
機械のごとく　麻をうつひと
(205)

※

仕方なく
ひばりもいでて青びかり
おさまりそめし空になきたれ
(206)

※

停車場の
するどき笛にとび立ちて
青き夕陽にちらばれる鳥
(207)

※

すゝきの穂
みな立ちあがり

くるひたる
楽器のごとく百舌《もず》は飛び去る
(208)

※

夏りんご
すこしならべてつゝましく
まなこをつむる露店のわかもの
(209)

※

ぼたんなど
祭の花のすきますきま
いちめんこめし銀河のいさご
(210)

※

山山に
白雲かゝり
城あとの粟《あは》さざめきて今日も暮れたり
(211)

※

かすかなる
日照りあめ降り
しろあとに
めくらぶだうの実はうれてあり
(212)

※

なにげなき
山のかげより虹の脚《あし》
ふつと光りて虫鳴けるかな
(213)

※

やま暗く
やなぎはすべて錫紙《すずがみ》の
つめたき葉もてひでりあめせり
(214)

※

秋風の
あたまの奥にちさき骨
くだけたるらん
音のありけり
(215)

※

日はよどみ
耕地を覆《おほ》ふ赤草の
わなゝくなかに落ち入れる鳥
(216)

※

そのをきな

をとりをそなへ
草明き
北上ぎしにひとりすはれり
(217)

※

空しろく
銀の河岸の製板所
汽笛をならし夜はあけにけり
(218)

※

舎利別《しろつぷ》の
川ほのぼのとめぐり来て
製板所より
まつしろの湯気
(219)

※

入合《いりあい》の町のうしろを巨《おほき》なる
銀のなめくじ
過ぐることあり
(221)

※

あまの邪鬼《じやく》
金のめだまのやるせなく
青きりんごを
みつめたるらし
(223)

やるせなく
青きりんごをみつめたる
毘沙門堂《びしやもんだう》の
あまの邪鬼《じやく》かも
(223)
(224)[a]

夏りんご
かなしげに見る
淫乱《いんらん》の
金のめだまの
あまの邪鬼なり
(223)
(224)[b]

※

そら青く
ジョンカルピンに似たる男
ゆつくりあるきて
冬はきたれり
(224)

※

顔あかき
港先生
このごろは
エーテルのまこと冴《さ》えて来《き》しかな
(225)

※

狼《おほかみ》のごとく
朝早く行くなり
ひがしぞら　黄ばらにひかり晒《わら》ひせり
(226)

※

からくひは
みちにしたがひ　ならびたり
とりいれすぎの

大正四年四月

※

かゞやける
かれ草丘のふもとにて

死人《しにびと》なれば
(227)

※

たらぼうの
すこし群れたる丘の辺に
ひつぎと風と
はこばれて来し
(228)

※

ちゞれたる
陰《かげ》いろの雲
とぶ烏
喜田《きだ》先生は
逝《ゆ》きたまへけり
(229)

うまやのなかのうすしめりかな
(231)

※

ゆがみうつり

馬のひとみにうるむかも
五月の丘にひらくる戸口
(232)

※

ひるま来し
かれ草丘のきれぎれは
まどろみのそらを
ひらめき過ぐる
(233)

※

をちやまに
雪かゞやくを　雲脚の
七つ森にはおきな草咲く
(234)

※

雲ちゞれ
つめたくひかるうすれ日を
ちがやすがるゝ
丘にきたりぬ
(235)

※

雲垂れし火山の紺の裾《すそ》野より
沃度《ようど》の匂《にほひ》しるく流るゝ
(235)a
(236)

※

玉髄《ぎょくずい》の
かけらひろへど
山裾の
紺におびえてためらふこゝろ
(236)

※

落ちつかぬ
たそがれのそら
やまやまは生きたるごとく
河原を囲む
(237)

※

しめやかに
木の芽ほごるゝたそがれに
独乙《ドイツ》冠詞のうた嘆きくる
(238)

※

まくろなる
石をくだけばなほもさびし
夕日は落ちぬ
山の石原
(239)

※

毒ヶ森
南昌山《なんしやうざん》の一つらは
ふとおどりたちてわがぬかに来る

(240)

※

北上の
砂地に粟《あは》を間引きゐしに
あやしき笛の
山より鳴り来し

(241)

※

やまはくらし
雪はこめたり谷のきざみ
わが影を引く　すそのの夕陽《ゆふひ》

(242)

※

野うまみな
はるかに首あげわれを見る
みねの雪より霧湧き降るを

(244)

※

霧しげき
裾野を行けば
かすかなる
馬のにほひのなつかしきかな

(245)

※

この惑星
夜半より谷のそらを截《き》りて
薄明の鳥の声にうするる

(246)

※

ふくよかに
わか葉いきづき
あけのほし
のぼるがまゝに鳥もさめたり

(247)

※

りんごの樹
ボルドウ液の霧ふりて
ちいさき虹《にじ》のひらめけるかな

(248)

※

風吹きて
豆のはたけのあたふたと

葉裏をしらみ
なにかくるほし

(249)

※

ちぎれ雲
百合《ゆり》の蕋《しべ》嚙《か》む甲虫《かふちゆう》の
せなにうつれる山かひのそら

(250)

ちぎれ雲
せりの花嚙む甲虫の
翅《はね》に写りて
峡《かひ》のそら飛ぶ

(250)
(251)[a]

※

花粉喰《は》む
甲虫のせなにうつるなり
峡のそら
白き日
しよんと立つわれ

(251)

うどの花

ひたすらに嚙む甲虫の
翅にうつりて
飛ぶちぎれ雲

(251)
(252)[a]

※

逞《たく》ましき麻のころもの僧来り
老師の文をわたしたりけり

(251)
(252)[b]

※

かたくなの
暮の微光にうかびたる
山の仲間の一つなりしか

(252)

※

夜はあけて
木立はぢつと立ちすくむ
高倉山のみねはまぢかに

(253)

※

夜のうちに
すこしの雪を置きて晴れし
高倉山のやまふところに

(254)

※

大ぞらは
あはあはふかく波羅蜜《はらみつ》の
夕つつたちもやがて出でなむ
(255)

大正五年三月より

※

日はめぐり
幡《はた》はかゞやき
紫宸殿《ししんでん》たちばなの木ぞたわにみのれる
(256)

※

山しなの
たけのこばたのうすれ日に
そらわらひする
商人のむれ
(257)

※

たそがれの
本堂の
高座に島地大等《しまちだいとう》の
ひとみに映る
黄なる薄明
(255)
(256)[a]

奈良の宿屋ののきちかく
せまりきたれる銀鼠《ぎんねずみ》ぞら
(258)

※

にげ帰る
鹿のまなこの燐光《りんくわう》と
なかばは黒き五日の月と
(259)

※

かれ草の
丘あかるかにつらなるを
あわたゞしくも行くまひるかな
(260)

※

そらはれて
くらげはうかび
わが船の
渥美《あつみ》をさしてうれひ行くかな

(261)

※

明滅の
海のきらめき　しろき夢
知多《ちた》のみさきを船はめぐりて

(262)

※

蒼溟《あをうみ》の
ひかりはとはに明滅し
ふねはまひるの
知多をはなるる

(263)

※

喪神《さうしん》の
鏡かなしく落ち行きて
あかあか燃ゆる
山すその野火

(264)

※

あゝつひに
ふたゝびわれにおとづれし
かの水いろの
そらのはためき

(265)

※

さそり座よ
むかしはさこそいのりしが
ふたゝびここにきらめかんとは

(267)

※

輝石《きせき》たち
こゝろせわしく別れをば
言ひかはすらん函根《はこね》のうすひ

(268)

※

わかれたる
鉱物たちのなげくらめ
はこねの山の
うすれ日にして

(269)

※

ひわいろの

重きやまやまうちならび
はこねのひるの
うれひをめぐる
(270)

※

うすびかる
春のうれひを
ひわいろの笹山ならぶ函根やまかな
(271)

※

風わたり
しらむうれひのみづうみを
めぐりて重きひわいろのやま
(272)

※

うるはしく
猫睛石《べうせいせき》はひかれども
ひとのうれひはせんすべもなし
(273)

※

しろきそら
この東京のひとむれに
まじりてひとり
京橋に行く
(274)

※

浅草の
木馬に乗りて
哂《わら》ひつゝ
夜汽車を待てどこゝろまぎれず
(275)

※

つぶらなる白き夕日よいつまでか
ながうごかずてわれをなやむる
(276)

小すもの
カンデラブルの壁の上に
白き夕陽はうごくともなし
(276)
(277)[a]

※

しめりある
黒き堆肥《たいひ》は四月より
ふるふ樹液とかはるべきかな
(277)

※

山山はかすみて繞《めぐ》る

今日はわれ
畑を犂《す》くとて
馬に牽《ひ》かれぬ
(278)

※

洗ひたる
実習服のこころよさ
草に臥《ふせ》ぬれば
日はきららかに
(279)

※

さわやかに
朝のいのりの鐘鳴れと
ねがひて過ぎぬ
君が教会
(280)

プジェー師よ
かのにせものの赤富士を
稲田宗二や持ち行きしとか
(280)(281)[a]

プジェー師よ
いざさわやかに鐘うちて
春のあしたを
寂《しづ》めまさずや
(280)(281)[b]

プジェー師は
古き版画を好むとか
家にかへりて
たづね贈らん
(280)(281)[c]

プジェー師や
さては浸礼教会の
タッピング氏に
絵など送らん
(280)(281)[d]

※

北上は
雲のなかよりながれ来て
この熔岩《ようがん》の台地をめぐる
(281)

※

今日よりぞ

分析はじまる
瓦斯《ガス》の火の
しづかに青くこゝろまぎれぬ

(282)

※

双子座の
あはきひかりは
またわれに
告げて顫《ふる》ひぬ　水いろのうれひ

(283)

※

われはこの
夜のうつろも恐れざり
みどりのほのほ超《こ》えも行くべく

(284)

※

伊豆の国　三島の駅に
いのりたる
星にむかひて
またなげくかな

(285)

※

黄昏《たそがれ》の
中学校のまへにして
ふつと床屋に
入りてけるかな

(286)

※

わが腮《あご》を
撫《な》づる床屋のたちまちに
くるひいでよとねがふたそがれ

(287)

※

くるほしく
ひばりむらがり
ひるすぎて
ますます下る紺の旗雲

(288)

※

うすぐもる
温石石《をんじやくいし》の神経を
盗むわれらにせまるたそがれ

(289)

石絨《せきじゆう》を砕きて
いよようらがなし

曇りのそらの
岩のぬくらみ
(289)(290)[a]

※

夕ぐれの
温石石《をんじやくいし》の神経は
うすらよごれし　石絨《せきじう》にして
(290)

※

今日もまた
岩にのぼりていのるなり
川はるばるとうねり流るを
(291)

※

笹燃ゆる音は鳴り来る
かなしみをやめよと
野火の音は鳴りくる
(292)

※

雪山の反射のなかに
嫩草《わかくさ》を
しごききたりて馬に喰《は》ましむ
(293)

このたびも
また暴れ出《い》では赤馬よ
われはふたたび ceballo と呼ばじ
(293)(294)[a]

※

一にぎり
草をはましめ
つくづくと
馬の機嫌をとりてけるかな
(294)

嫩草を
雪の反射にしごききて
赤眼の馬の
機嫌を直さん
(294)(295)[a]

※

仕方なく
すきはとれども
なかなかに馬従はずて雪ぞひかれる
(295)

※

風きたり

高鳴るものはやまならし
またはこやなぎ
さとりのねがひ
(296)

※

弦月の
露台にきたり
かなしみを
すべて去らんとねがひたりしも
(297)

※

ことさらに
鉛をとかしふくみたる
月光のなかに
またいのるなり
(298)

※

星群の微光に立ちて
甲斐《かひ》なさを
なげくはわれとタンクのやぐら
(299)

※

黒雲を
ちぎりて土にたゝきつけ
このかなしみの
かもめ　落《おと》せよ
(300)

※

温室の
雨にくもれるガラスより
紫紺の花簇《かそう》
こころあたらし
(301)

※

赤き雲
いのりのなかにわき立ちて
みねをはるかにのぼり行きしか
(302)

※

われもまた
白樺となりねぢれたるうでをささげて
ひたいのらなん
(303)

※

でこぼこの
熔岩流《ようがんりう》にこしかけて

かなしきことを
うちいのるかな
(304)

※

ひとひらの
雪をとり来て母うしの
にほひやさしき
ビスケット嚙《か》む
(305)

※

岩手やま
やけ石原に鐘なりて
片脚《かたあし》あげて立てるものあり
(306)

※

しかみづらの
山の横つちよに
やるせなく
白き日輪うかびかゝれり
(307)

※

雲ひくき
裾《すそ》野のはてに
山焼けの赤きそら截《き》る強き鳥あり
(308)

※

わがために
待合室に灯をつけて
駅夫は問ひぬいづち行くやと
(309)

※

とりて来し
白ききのこを見てあれば
なみだながるる
寄宿のゆふべ
(310)

※

たゞさへも
くらむみそらに
きんけむし
ひたしさゝげぬ
木精《もくせい》の瓶
(311)

※

かくこうの
まねしてひとり行きたれば

ひとは恐れてみちを避けたり

(312)

※

雲かげの行手《ゆくて》の丘に
風ふきて
さわぐ木立のいとゞあわたゞし

(314)

※

かたくりは
青き実となる
恋ごころ
風に吹かるゝ
五月の峡《かひ》に

(315)

※

調馬師の
よごれて延びしももひきの
荒縞《あらじま》ばかりかなしきはなし

(316)

※

この暮は
土星のひかりつねならず
みだれごころをあはれむらしも

(317)

※

日下りの
化学の室の十二人
イレキを
　帯びし白《はく》金の雲

(318)

※

いまはいざ
僧堂に入らん
あかつきの　般若心経《はんにやしんぎやう》
夜の普門品《ふもんぼん》

(319)

※

山脈の
まひるのすだま
ほのじろきおびえを送る六月の汽車

(320)

※

おきな草
丘のなだらの夕陽に
あさましきまでむらがりにけり

(321)

白樺の
かゞやく幹を剝《は》ぎしかば
みどりの傷はうるほひ出でぬ
(322)

※

風は樹を
ゆすりて云ひぬ
「波《は》羅羯諦《らぎやあてい》」
あかきはみだれしけしのひとむら
(323)

※

青ガラス
のぞけばさても
六月の
実験室のさびしかりけり
(324)

※

あをあをと
なやめる室にたゞひとり
加里のほのほの白み燃えたる
(325)

コバルトのなやみよどめる
その底に
加里の火
ひとつ
白み燃えたる
(325)
(326)[a]

※

はややめよ
かゝるかなしみ
朝露は
きらめきいでぬ
朝露の火は
(326)

※

青山の裾《すそ》めぐり来て見かへれば
はるかにしろく
波だてる草
(327)

※

風ふきて
ポプラひかればうすあかき
牛の乳房も
おなじくゆれたり
(328)

※

黝《くろ》くして
感覚にぶき
この岩は
夏のやすみの夕霧を吸ふ

(330)

いろにぶき
岩おしなべて
夕もやのながれをふくみ
夏きたりけり

(330)(331)[a]

大正五年七月

※

そら青く
観音《かんのん》は織る
ひかりのあや
ひとには
ちさき
まひるのそねみ

けむり立ち
汽車は着くらし

(332)

岩なべて
にぶきさまして
夕もやの
ながれを含む
屠《と》殺《さつ》場の崖

(330)(331)[b]

※

愚かなる
流紋岩《りうもんがん》の丘に立ち
けふも暮れたり
くもはるばると

(331)

体操の教師
剣抜き
ねむ花咲けり
(332)(333)a

鉄砲をかつぎて
渠《かれ》ら繞《めぐ》り行く
停車場みちの
赤ねむの花
(332)(333)b
※

夏きたりて
人みな去りし寄宿舎を
めぐる青木に
あめそゝぎつゝ
※　湯船沢
(333)

七月の森のしづまを
月いろの
わくらばみちにみだれふりしく
※
(334)

うちくらみ
梢《こずゑ》すかせばあまぐもの
ひかりあやしくふれるわくらば
※　石ヶ森
(335)

こゝに立ちて誰《たれ》か惑《まど》はん
これはこれ岩頸《がんけい》なせる石英安山岩《デーサイト》なり
※　沼森
(336)

この丘の
いかりはわれも知りたれど
さあらぬさまに　草穂つみ行く
※　同
(337)

丘丘が
つどひてなせるこの原に
なんぞさびしき
沼森の黒
※　新網張
(338)

まどろみに
ふつと入りくる丘のいろ
海のさましてさびしきもあり
※
(339)

しろがねの夜あけの雲は
なみよりも
なほたよりなき野を被《おほ》ひけり
※　大《お》沢《さ》坂峠
(340)

大沢坂の峠は木木も見えわかで
西のなまこの雲にうかびぬ
(341)

大沢坂の
峠は木々も
やゝに見えて
鈍き火雲《ほぐも》の
縞《しま》に泛《うか》べり
※　同　まひる
(341)
(342)[a]

ふとそらの
しろきひたひにひらめきて
青筋すぎぬ
大沢坂峠
山の藍
※　茨島野
(342)

そらのひゞわれ
草の穂と
数へきたらば泣かざらめやは
※　東京
(343)

うたまろの
乗合《のりあひ》ぶねの前に来て
なみだながれぬ
富士くらければ
※　神田
(344)

この坂は霧のなかより
おほいなる
舌のごとくにあらはれにけり
※　植物園
(346)

八月も
終れるゆゑに
小石川
青き木の実の降れるさびしさ
※　上野
(347)

東京よ

これは九月の青りんご
かなしと見つゝ
汽車にのぼれり
※　小鹿野《をがの》　（349）

さわやかに
半月かゝる　薄明の
秩父《ちちぶ》の峡《かひ》のかへりみちかな
※　荒川　（350）

鳳仙花《ほうせんくわ》
実をはぢきつゝ行きたれど
峡のながれの碧《あを》くかなしも
※　三みね　（351）

星あまり
むらがれるゆゑ
みつみねの
そらはあやしくおもほゆるかも
※　同　（353）

ほしの夜を
いなびかりする三みねの

山にひとりしなくか　こほろぎ
※　岩手公園　（352）

うちならび
うかぶ紫苑《しをん》にあをあをと
ふりそゝぎたるアーク燈液
※　農場　（354）

むらだちて
あひるはすだき
風去りて
トマトさびしく
みちにおちたり
※　（355）

風去りて
黒き堆肥《たいひ》はこほろぎの
なけるはたけにはこばれにけり
（356）

霜ぐもり
こほろぎなける刈あとに
黒き堆肥を

はこびくる馬

(356)(357)a

霜ぐもり
黒き堆肥は
こほろぎの
啼《な》く刈跡に
はこばれにけり

(356)(357)b

※　仙台

わたぐもの
幾重たゝめるはてにして
ほつとはれたるひときれのそら

(357)

※

たゞしばし
群とはなれて阿武隈《あぶくま》の
岸にきたればこほろぎなけり

(358)

※

水銀の
あぶくま河にこのひたひ
ぬらさんとしてひとりきたりぬ

(359)

※

雲たてる
蔵王《ざわう》の上につくねんと
白き日輪かゝる朝かな

(360)

※

銀の雲
焼杭《やけぐい》のさく
ひとはこれ
こゝろみだれし
旅のひとなり

(361)

信夫山《しのぶやま》はなれて行ける機関車の
湯気に泛《うか》びて
松をこめたり

(362)

※

かくてまた
冬となるべきよるのそら
漂ふ霧に　ふれる月光

(364)

※

夜の底に
霧たゞなびき
燐光《りんくわう》の
夢のかなたにのぼりし火星

(365)

大正五年十月より

※

あけがたの食堂の窓
そらしろく
はるかに行ける鳥のむれあり

(366)

※

淀《よど》みたる夜明の窓を
無雑作に過ぐる鳥あり
冬ちかみかも

(367)

※

さだめなく
鳥はよぎりぬ
うたがひの
鳥はよぎりぬ
あけがたの窓

(368)

※

鉄ペン鉄ペン
鉄ペンなんぢたゞひとり
わがうたがひの
あれ野にうごく

(369)

※

雲ひくき峠越ゆれば
(いもうとのつめたきなきがほ)
丘と野原と

(370)

※

草の穂は

みちにかぶさりわが靴は
つめたき露にみたされにけり
(371)

※

あけがたの
皿の醤油《しやうゆ》にうつり来て
黒き桜の梢《こずゑ》顫《ふる》へり
(372)

※

すゞかけの木立きらめくこの朝を
乳頭山《にゆうつむりやま》
雪刷《は》きにつゝゆき降りにつゝ
(373)

※

いたゞきに
いささかの雪を刷きしとて
乳つむり山
いとゞいかめし
(374)

※

蜘蛛の糸《いと》
ながれて
きらとひかるかな

源太ヶ森の
碧《あを》き山のは
(375)

※

青緑の
山の刻みをせなにして
奇蹟《きせき》のごとく移り行く雁《かり》
(376)

※

気層つめたく酔ひしらけ
ひかりのしめりほの赤し
めぐるはきらぼし
(377)

※

みんなして
写真をとると台の上に
ならべば朝の虹《にじ》ひらめけり
(379)

※

何もかも
やめてしまへと半月の空にどなれば
落ちきたる霧
(380)

落ちきたる霧と半月
なにもかもやめてしまへと
どなりてやらん
(380)(381)[a]

※

つきしろに
うかびいでたる薄霧を
むしやくしやしつゝ
過ぎ行きにけり
(381)

※

にせものの
真鍮《しんちう》の脂肪《しばう》をもてるその男
青ぞらの下をそゞろあるけり
(382)

※

南にも北にもみんな
にせものの
どんぐりばかりひかりあるかな
(383)

※

こざかしく
しかもあてなきけだものの
尾をおもひつゝ
草穂わけ行く
(384)

※

しろがねの
月はうつりぬ
腐植土《ヒユーマス》の　野のたまり水
荷馬車のわだち
(385)

※

青ぞらに野ばらの幹もひかれるを
あまりに沈む　Liparite かな
(386)

※

野ばらの木など
かゞやくものを　七つもり
あまりにしづむ　リパライトなり
(387)

※

猩々緋《しやうじやうひ》
雲をけふこそ踏み行けと
をどるこゝろの
きりぎしに立つ
(388)

入合《いりあひ》の西のうつろを見てあれば
しばしば
かつとあかるむひたひ
※

(390)

松並木
監獄馬車の窓にして
しばしばかつと
あかるむうつろ
※

(390)(391)[a]

「青空の脚《あし》」といふもの
ふと過ぎたり
かなしからずや　青ぞらの脚

(391)

「青ぞらの脚」といふもの
ひらめきて
監獄馬車の
窓を過ぎたり
※

(391)(392)[a]

いまいちど
空はまつかに燃えにけり
薄明穹《はくめいきゆう》の
いのりのなかに
※

(392)

学校の郵便局の局長は
(桜の空虚)
齢《とし》若く死す

(393)

うつろある桜並木の影にして
若き局長年わかく死す
※

(393)(394)[a]

まどがらす
とほり来れる日のひかり
日のひかり　つくゑ
ひとの縄《なわ》ばり
※

(394)

「いきものよいきものよいきものよ」
とくりかへし

西のうつろのひかる泣顔
(395)

※

うつろしく
遠くのぞめばひらめきて
たそがれぞらは
だんだらの縞《しま》
(396)

※

たそがれの
そらは俄《にはか》にだんだらの
縞をつくりて灯はゆれにけり
(397)

※

こは雲の縞ならなくに
正銘の
よるのうつろのひかるだんだら
(398)

※

ギザギザの硬き線あり
むらがりて
ねむりの前のもやにひかれり
(399)

※

こなたには
紫色のギザギザと
ひかるそらとのあしきあらそひ
(400)

※

霜枯れし
トマトの気根
しみじみと
うちならびつゝ
冬きたるらし
(401)

※

青腐れし
トマトたわわのかれ枝と
ひでりあめとのなかなるいのり
(402)

※

霜腐れ
青きトマトの実を裂けば
さびしきにほひ
空に行きたり
(403)

※

はだしにて
雲落ちきたる十月の
トマトばたけに立ちてありけり (404)

※

ある星は
そらの微塵《みぢん》のたゞなかに
ものを思はずひためぐり行く (405)

※

ある星は
われのみひとり大空を
うたがひ行くとなみだぐみたり (406)

※

なまこ雲
ひとむらの星
西ぞらの微光より来る馬のあし音 (407)

※

ねたみあひ
こがたなざいく
青き顔
盛岡のそらのアルコホル雲 (408)

※

オリオンは
西に移りてさかだちし
ほのぼののぼるまだきのいのり (409)

※

みそか月
黒きまぶたもあらはにて
しらしらあけの
そらにかゝれり (410)

※

山はには
あけのうつろに
突つたちて
馳《は》するがごとき
松の木もあり (411)

※

何かしらず
不満をもてる丘丘は

朝の緑青《ろくしやう》の気をうかべたり　(412)

※

ある山は
なみだのなかにあるごとく
木々をあかつきのうつろに浸せり　(413)

※

あをあをと
朝日のぼれば
ひとびとの
かなしきまでにうちいさむかな　(414)

※

「何《なん》の用《よ》だ。」

「酒《さげ》の伝票。」

「誰《だれ》だ。名は。」

「高橋茂吉《ぎづ》。」

「よし。少《びや》こ、待で。」　(415)

※

ちゞれ雲
銀のすすきの穂はふるひ
呆《はう》けしごとき
雲かげの丘　(416)

※

黄葉落ちて
象牙《ざうげ》細工の白樺《しらかば》は
まひるの月をいたゞけるかな　(417)

※

霜ばしら
砕けて落つる岩崖《いはがけ》は
陰気至極の　Liparitic tuff　(418)

※

凍りたる
凝灰岩の岩《いは》崖に
その岩崖に
そつと近より　(419)

※

凍りたる凝灰岩の岩壁を
踊りめぐれる
影法師なり　(420)

※

シベリアの汽車に乗りたるこゝちにて
晴れたる朝の教室に
疾《や》む
(421)

※

そらにのみ
こころよ行けといのるとき
そらはかなしき蛋白光《たんぱく》の
(422)

※

流れ入る雪のあかりに
溶くるなり
夜汽車をこめし苹果《りんご》の蒸気
(424)

※

つゝましき
白めりやすの手袋と
夜汽車をこむる苹果の蒸気と
(425)

※

あかつきの
真つぱればれのそらのみどり
竹は手首を
宙にうかべたり
(426)

※

※

東京の
光の滓《おり》にわかれんと
ふりかへりみて
またいらだてり
(429)

大正六年一月　一九一七年

第一日昼

※

なにげなく
窓を見やれば
一《ひと》もとのひのきみだれゐていとゞ恐ろし　(430)

※

あらし来ん
そらの青じろ
さりげなく乱れたわめる
一もとのひのき　(431)

※

風しげく
ひのきたわみてみだるれば
異り見ゆる四角窓かな　(432)

※

（ひかり雲ふらふらはする青の虚空
延びたちふるふ　みふゆのこえだ）　(433)

第二日夜

※

雪降れば
今さはみだれしくろひのき
菩薩《ぼさつ》のさまに枝垂《しだ》れて立つ　(434)

※

わるひのき
まひるみだれしわるひのき
雪をかぶれば
菩薩すがたに　(435)

※

第三日夕

※

たそがれに

すつくと立てるそのひのき
ひのきのせなの銀鼠《ぎんねずみ》雲　(436)

※

窓がらす
落つればつくる四角のうつろ
うつろのなかの
たそがれのひのき　(437)

第四日夜

※

くろひのき
月光澱《よど》む雲きれに
うかがひよりて何か企つ　(438)

※

しらくもよ夜のしらくもよ
月光は重し
気をつけよかのわるひのき　(439)

第五日夜

※

雪落ちてひのきはゆるゝ
はがねぞら
匂ひいでたる月のたわむれ　(440)

※

うすらなく
月光瓦斯《ガス》のなかにして
ひのきは枝の雪をはらへり　(441)
（はてしらぬ世界にけしのたねほども
菩薩身をすてたまはざるなし）　(442)

月光の
さめざめ青き三時ごろ
ひのきは枝の雪を撥《は》ねたり　(441)(442)[a]

第六日昼

※

年わかき
ひのきゆらげば日もうたひ
碧《あを》きそらよりふれる綿ゆき　(443)

第六日夜

※

ひまはりの
すがれの茎のいくもとぞ
暮るゝひのきをうちめぐりゐる　（444）

※

たそがれの
雪にたちたるくろひのき
しんはわづかにそらにまがりて　（445）

第七日夜

（ひのき　ひのき　まことになれはいきものか　われとはふかきえにしあるらし　（446）
むかしよりいくたびめぐりあひにけん　ひのきよなれはわれをみしらず）　（447）

第 x 日

※

しばらくは
試験つゞきとあきらめて
西日にゆらぐひのきを見たり　（448）

※

ほの青き
そらのひそまり
光素《エーテル》の弾条《ばね》もはぢけんとす
みふゆはてんとて　（449）

※

大正六年四月

※

やまなみの
雪融《げ》の藍《あゐ》にひかり湧きて
とざすこゝろにひるがへり来る　（450）

※

これはこれ

水銀の海のなぎさにて
あらはれ泣くは
阿部のたかしら
（451）

※

べムべロはよき名ならずや
べムべロの
みぢかき銀の毛はうすびかり
（453）

※

夕霧の
霧山だけの柏《かしは》ばら
かしはの雫《しづく》降りまさりつつ
（456）

※

雲とざす
きりやまだけの柏ばら
チルチルの声かすかにきたり
（457）

※

こはいかに
雪のやまなみ
たちならぶ家々の影みなわれにして
（455）

※

雪くらく
そらとけじめもあらざれば
木々はあやしき陶画《たうが》をなせり
（458）

※

水いろの
そらのこなたによこたはり
まんぢゆうやまのくらきかれ草
（459）

※

うつろとも
雲ともわかぬ青きもの
かなしき丘の
肩にひかれり
（460）

※

わがうるはしき
ドイツたうひよ
（かゞやきの
そらに鳴る風なれにもきたれ）
（461）

わがうるはしき
ドイツたうひは
とり行きて
ケンタウル祭の聖木とせん

(461)
(462)a

※

鉄の澱《をり》
紅《あか》くよどみて
水もひかり
五時ちかければやめて帰らん

(462)

ビーカーに
鉄の澱《よど》みて
水もひかり
五時ちかければやめて帰らん

(462)
(463)a

※

鉄の澱　そつと気泡を吐きたれば
かなしき草につゆ置くごとし

(463)

※

かたくりの
葉の斑《ふ》は消えつあらはれつ
雪やまやまのひかりまぶしむ

(465)

※

朝の厚朴《ほう》
たゝえて谷に入りしより
暮れのわかれはいとゞさびしき

(466)

※

群青の
そらに顫《ふる》ふは
木《こ》のはなの
かほりと黒き蜂のうなりと

(467)

※

かむばしき
はねの音のみ木にみちて
すがるの黒きすがたは見えず

(468)

※

連山の
雪にほやかに空はれて
すがるむれたりひかるこのはな

(469)

※

会はてぬ
ラッパ剝《は》げたる蓄音器
さびしみつまた
丘をおもへり

(470)

※

ひしげたる
蓄音器のまへにこしかけて
ひるの競馬をおもひあるかな

(471)

ひしげたる
ラッパの前に首ふりて
レコードを聴く
幹事の教授

(471)
(472)[a]

※

花さける
さくらのえだの雨ぞらに
ゆらぐはもとしまれにあらねど

(472)

※

さくらばな
日詰《ひづめ》の駅のさくらばな
風に高鳴り
こゝろみだれぬ

(473)

焼杭《やけぐひ》の
柵にならびて
あまぞらを
風に高鳴る
さくらばななり

(473)
(474)[a]

あまぞらの風に
高鳴るさくらばな
ならびて黒き
焼杭の柵

(473)
(474)[b]

あまぞらの風に高鳴り
さくらばな
あやしくひとの

胸をどよもす
(473)
(474)c

※

さくらばな
あやしからずやたゞにその
枝風になりてかくもみだるは
(474)

※

パラフォンの
まばゆき霧を負ひたれば
一本松の木ともみわかず
(475)

※

野の面《おも》を
低く霧行き
桑《くは》ばたは
明き入江にのぞめるごとし
(476)

※

山山の
肩より肩にながるゝは
暮のよろこび
さとりのねがひ
(477)

※

箱ヶ森
みねの木立にふみ迷ひ
さびしき原をふりかへり見る
(482)

※

箱ヶ森
たやすきことと来しかども
七つ森ゆゑ
得《え》越えかねつも
(483)

※

箱ヶ森
あまりにわぶるその木立
鉛の海をなほ負ふごとく
(484)

七つ森
白雲あびて
巫戯《ふざ》けたる
けものの皮のごとくひろがる
(484)
(488)a

※

おきな草
とりて示せど七つ森
雲のこなたに
むづかしき面《おも》
(488)

※

七つ森
青鉛筆を投げやれば
にはかに
機嫌を直してわらへり
(489)

※

薄明の
寒天の夕陽のなかに鎖《とざ》されし
白雲と川
また七つの丘と
(490)

薄明の
膠朧《かうろう》液に
とざされて
白雲浴ぶる
七つ森なり
(490)
(492)[a]

※

かげらふは
うつこんかうに湧きたてど
そのみどりなる柄はふるはざり
(492)

※

きれぎれに歌ふきらぼし
よせきたり
砕くる波の青き燐光《りんくわう》
(493)

※

濾《こ》し終へし
濾斗《ろうと》の脚《あし》のぎんななこ
いとしと見つゝ
今日も暮れぬる
(494)

大正六年五月

※

夕ひ降る
高洞山《たかほらやま》のやけ痕《あと》を
誰《たれ》かひそかに
哂《わら》ふものあり

(496)

※

しろがねの
雲ながれ行くたそがれを
箱ヶ森らは黒くたゞずむ

(497)

簗川《やながは》六首

※

口笛に
応《こた》ふるをやめ
鳥はいま
葉をひるがへす木立に入りぬ

(498)

※

鳴きやみし
鳥はいづちともとめしに
木々はみだれて　雲みなぎれり

(499)

鳴きやみし
鳥はふたたび帰り来ず
雲みなぎりて
木々のみだるゝ

(499)
(500)[a]

※

なきやみし
鳥をもとめて
泪《なみだ》しぬ
木々はみだれて葉裏をしらみ

(500)

※

口笛に　こたふる鳥も去りしかば

いざ行かんとて
なほさびしみつ

※

(501)

木々みだれ
かゞやく上に
天雲《あまくも》の
みなぎりわたす六月の峡《かひ》

※

(502)

もしや鳥
木のしげみより　見あるらん
峡の草木は
みだれかゞやき

※

(503)

おきなぐさ
ふさふさのびて
青ぞらにうちかぶさりて
ひらめき出でぬ

※

(504)

な恐れそ
れんげつゝじは赤けれど
ゑんじゆも臨む　青ぞらのふち

(505)

※　中津川三首

中津川河藻はな咲きさすらひの
しろきこゝろを夏は来にけり

※

(506)

中津川　川藻に白き花さきて
はてしも知らず　千鳥は溯《のぼ》る

※

(507)

中津川　水涸《か》れなんに夜をこめて
のぼる千鳥の　声きこゆなり

(508)

霧山岳二首

さらさらと
うす陽《ひ》流るゝ紙の上に
山のつめたきにほひ
あやしも

※

(509)

うす陽《ひ》ふるノートの上に
さみだれの
霧やまだけのこゝろきたれり
(510)

※

雲みだれ
薄明穹《はくめいきう》も落ちんとて
毒ヶ森よりあやしき声あり
(512)

※

フラスコに湯気たちこもり露むすび
やまかひの朝の
おもほゆるかな
(513)

※

フラスコに
露うちむすびあつまりて
ひかるを見ればこゝろはるけし
(514)

※

くれちかき
ブンゼン燈《とう》をはなるれば
つめくさのはな
月いろにして
(515)

※

六月の
ブンゼン燈のよはほのほ
はなれて見やる
ぶなのひらめき
(516)

※

濾《こ》し了《を》へて
窓にいたれば
つめくさの
はなとまくろきガスのタンクと
(517)

※

あさひふる
はくうんぼくの花に来て
黒きすがるら
しべを噛《か》みあり
(519)

※

葛根田《かつこんだ》
谷の上なる夕ぞらに

(520)
うかびいでたる
あかきひとつぼし

※

(521)
葛根田
薄明穹のいたゞきに
ひかりいでたる
あかきひとつぼし

※

夜の柏《かしは》ばら　六首

※

(522)
しらしらと
銀河わたれるかしはゞら
火をもて行けど
馬も馳《は》せ来ず

※

(523)
天の川
しらしらひかり
夜をこめて
かしはゞら行く鳥もありけり

(524)
かしはばら
うすらあかりはきたるなり
みなみにわたる天の川より

※

(525)
あまの川
ほのぼの白くわたるとき
すそのをよぎる四《し》ひきの幽霊

※

(527)
かしはゞらみちをうしなひ
しらしらと
わたる銀河にむかひたちけり

※

(528)
谷の上の
はひまつばらにいこひしを
ひとしく四人ねむり入りしか

※

※

めさむれば
四人ひとしくねむりゐたり
はひ松ばらの
うすひのなかに　(529)

※

（すゞらんのかゞやく原をすべり行きて
風のあしゆびの
泣き笑ひかな）　(530)

※

まひるのかしはゞら　三首

※

かゞやきて
やなぎの花のとぶすその
のうまわれらをしたひつゞけり　(531)

※

ましろなる
やなぎ花とぶ野のなかに
傷つける手をいたはりて来る　(532)

野絮《のわた》とぶ
夏のすそのを
傷つける
手などいたはり
ひとびとの来る　(532)
(533)[a]

※

※

手をひろげ
あやしきさまし馬追へる
すゞらんの原の
はだかのをとこ　(533)

頸《くび》に垂れし
札を読み了《を》へ
たちまちに
あやしきさまし
馬追へるひと　(533)
(534)[a]

※　北上川

あけがたの

「電気化学」の峡《かひ》を来る
きたかみ川のしろき波かな　(534)

※

実ざくらの
喰《く》ひかけをつと落しつゝ
榧《かや》の枝よりはなれたる鳥　(535)

※

豆いろの坊主となりて七つ森
いまは夕陽《ゆふひ》のそこにしづめり　(536)

※

「ちゃんがちゃがうまこ」　四首

夜明げには
まだ間あるのに
下のはし
ちゃんがちゃがうまこ見さ出はたひと　(537)

※

ほんのぴゃこ
夜明げがゞった雲のいろ
ちゃんがちゃがうまこ　橋渡て来る　(538)

※

いしょけめに
ちゃがちゃがうまこはせでげば
夜明げの為が
泣くだぁぃよな気もす　(539)

※

下のはし
ちゃがちゃがうまこ見さ出はた
みんなのながさ
おどともまざり　(540)

大正六年七月より

※

よるのそら
ふとあらはれて
かなしきは
とこやのみせのだんだらの棒　(541)

※

夜をこめて
七つ森まできたるとき
はやあけぞらに草穂うかべり　(542)

※

川べりの
石垣のまひるまどろめば
夜よりの鳥なほ啼《な》きやまず　(543)

あをあをと
やなぎはたかし
まどろめば
夜よりの鳥
なほ啼きやまず　(543)(544)[a]

※

川べりの
まひるをゆらぐ石垣の
まどろみに入りて
鳥またなけり　(544)

※

どもりつゝ
蒸溜瓶《じょうりうびん》はゆげをはき
ゆがみてうつる
青ぞらと窓　(545)

※

ゆがみたる
蒸溜瓶の青ぞらに

黒田博士はたばこふかせり

(546)

ゆがみたる
青ぞらの辺に
仕事着の
黒田博士は
たばこふかせり

(546)(547)[a]

※

柏《かしは》ばら
ほのほたえたるたいまつを
ふたりかたみに
吹きてありけり

(547)

※

雲の海の
上に凍りし
琥珀《こはく》のそら
巨《おほ》きとかげは
群れわたるなり

(548)

※

ましろなる
火花とゞろに
空は燃ゆる
霧山岳の
風のいたゞき

(549)

※

岩手やま
いたゞきにして
ましろなる
そらに火花の湧き散れるかも

(550)

※

ひとさりし
待合室はひらくなり
たそがれひかる
そらとやまなみ

(551)

※

散り行きし
友らおもへば
たそがれを

そらの偏光ひたひたと責む (552)

※

うかび立つ
光のこちの　七つ森
みつめんとして
額《ぬか》くらみたり (553)

※

つるされし
古着旋《めぐ》れば
たちまちに　その肩越えて
降る青びかり (554)

※

房たれし
かんざしなどをおもふことも
海行くときはゆるされもせん (556)

※

たよりなく
蕩児《たうじ》の群にまじりつゝ
七月末を　宮古に来る (557)

※

ひとびとは
釜石山田いまはまた
宮古と酒の旅をつゞけぬ (558)

※

宮古町　夜ぞらをふかみ
英吉の
山彙《さんゐ》はるかに妻を恋ふらし (559)

※

うるはしき
海のびらうど　褐昆布《かつこんぶ》
寂光《じやくくわう》ヶ浜に　敷かれ光りぬ (560)

※

寂光のあしたの海の
岩しろく
ころもをぬげばわが身も浄《きよ》し (561)

※

雲よどむ
白き岩礁

砂の原
はるかに敷ける褐の海藻
(562)

※

寂光の
浜のましろき巌《いは》にして
ひとりひとでを見つめゐるひと
(563)

基督《キリスト》の
さましてひとり岩礁《がんせう》に
赤きひとでを見つめゐるひる
(563)a
(564)

※

展《の》べられし昆布の中に
大なる釜らしきもの
月にひかれり
(564)

※

青山の
肩をすべりて夕草の
谷にそゝぎぬ
青き日光
(565)

汗ゆゑに
青く縞《しま》立つ光ぞと
あきらめくれば萱草《くわんざう》咲けり
(566)

※

山峡《やまかひ》の
青きひかりのそが中を
章魚《たこ》の足など喰《は》み行けるひと
(567)

※

夕つつも
あはあはひかりそめにけり
あした越ゆべき
峠のほとり
(568)

※

あかつきの
峠の霧にほそぼそと
青きトマトのにほひながるる
(570)

※

青山の

融け残りたる霧かげに
くらく熟れたる
毒うつぎあり
(571)

※

たけにぐさ
むらだつ原を越えくれば
木々の後光に
鳥しば啼《な》けり
(572)

※

そらひかり
八千代の看板切り抜きの紳士は
棒にささへられ立つ
(573)

そらひかる
遠野の町に切り抜きの
紳士は高く
かゝげられたつ
(573)(574)[a]

※

あをじろき
ひかりのそらにうかびたつ
切り抜き紳士　二きれの雲
(574)

※

あかり窓
仰げばそらはTourquois《ターキス》の
板もて張られ
その継目光れり
(575)

※

帰依《きえ》法《はふ》の
皺《しわ》たゝみ行く雲原と
なみだちつゞく青松森と
(576)

※

をちこちに
削りのこりの岩頸《がんけい》は
松黒くこめ白雲に立つ
(577)

※

よりそひて
あかきうで木をつらねたる
夏草山の

でんしんばしら
(578)

※

阿片光
さびしくこむるたそがれの
胸にゆらぎぬ
麻むらの青
(579)

怒り立つ
四又の百合と
麻むらと
さびしくこむる青阿片光
(579)
(580)[a]

阿片光さびしくこむる
麻むらの
さやぎは
白き百合《ゆり》にとなれり
(579)
(580)[b]

※

うつろより
降り来る青き阿片光
百合のにほひは
波だちにつゝ
(580)

※

粟《あは》ばたけ
立ちつくしつゝ青びかり
見わたせば
百合　雨にぬれたり
(581)

青びかり
かゞやきながら
雨はふりて
一列山の百合はぬれたり
(581)
(582)[a]

※

しろがねの
あいさつ交すそらとやま
やまのはたけは
稗《ひえ》しげりつゝ
(582)

※

岩鐘《がんしやう》の

きわだちくらき肩に来て
ひとひらの雲
つめたく暮れたり

(583)

岩鐘《がんしやう》のまくろき脚《あし》にあらはれて
稗《ひえ》のはた来る
郵便脚夫《きやくふ》

(583)
(584)[a]

※

いたましく
川は削りぬ
たそがれの白雲浴ぶる山の片面を

(584)

※

雲ひくき
青山つゞきさびしさは
百合《ゆり》のにほひに
とんぼ返りす

(585)

※

石原の
まひるをならぶ人と百合

碧目《あをめ》のはちはめぐりめぐりて

(586)

※

山川の
すなに立てたるわが百合に
蜂来て赤き蕊《しべ》をになへり

(587)

※

かゞやける
花粉をとりて飛びしかど
小蜂よいかにかなしかるらん

(588)

※

いつぱいに
花粉をになひわが四つの
百合をめぐりぬ碧目のこばち

(589)

※

この度は
薄明穹《はくめいきう》につらなりて
高倉山の黒きたかぶり

(590)

※

月光の

すこし暗めば
こゝろ急く硫黄《いわう》のにほひ
みちにこめたり
(591)

※

夜だか鳴き
オリオンいでて
あかつきも　ちかく
お伊勢の杜《もり》をすぎたり
(592)

あけちかく
オリオンのぼりけりなきて
ひとりお伊勢の杜をよぎれり
(592)(593)[a]

上伊手《かみいで》剣舞連《けんばひれん》

※

うす月に
かがやきいでし踊り子の
異形《いぎやう》を見れば　こゝろ泣かゆも
(593)

※

うす月に
むらがり踊る剣舞の
異形きらめき小夜更けにけり
(594)

※

剣舞の
赤ひたたれは
きらめきて
うす月しめる地にひるがへる
(596)

種山ヶ原七首

※

白雲のはせ来るときは
この原の
草穂ひとしく茎たわむなれ
(597)

※

オーパルの
雲につゝまれ
秋草とわれとはぬるゝ
種山ヶ原
(598)

※

白雲は露とむすびて
立ちわぶる
手帳のけいも青くながれぬ (599)

※

白雲にすがれて立てる鬼あざみより
種山ヶ原に
かなしみは湧く (600)

うづまける白雲のべに
ひともとのおにあざみかも
すがれて立てり (600)(601)[a]

※

目のあたり
黒雲立つとまがひしは
黒玢岩《メラフイイアー》の露頭なりけり (601)

※

白雲の種山ヶ原に燃ゆる火の
けむりにゆらぐ
さびしき草穂 (602)

みちのくの
種山ヶ原に燃ゆる火の
なかばは雲にとざされにけり (602)(603)[a]

※

ここはまた
草穂なみだち
しらくものよどみかゝれるすこしのなだら (603)

※

わかものの
青仮面《あをめん》の下につくといき
ふかみ行く夜をいでし弦月 (605)

祖父の死

※

うちゆらぐ
火をもて見たる夜の梢《こずゑ》

あまりにふかく青みわたれる（606）

※

香たきて
ちゝはゝ来るを待てる間に
はやうすあかりそらをこめたり（607）

※

足音は
やがて近づきちゝはゝも
はらからもみなはせ入りにけり（608）

※

夜はあけて
うからつどへる町の家に
入れまつるとき
にはかにかなし（609）

※

秋ふけぬ
あまのがはらのいさごほど
わがかなしみも
わかれ行くかな（610）

※

黒つちの
しめりのなかにゆらぎつつ
かなしく晴るゝ山の群青《ぐんじやう》（611）

※

夜あけより
なきそびれたる山のはに
しらくもよどみ
羽虫めぐれり（612）

※

きれぎれに雨をともなふ西風に
うす月みちて
虫のなくなり（613）

※

つきあかり
風は雨をもともなへど
今宵《こよひ》は虫のなきやまぬなり（614）

※

赭々《あかあか》と
よどめる鉄の澱《おり》の上に
さびしさとまり　風来れど去らず
(615)

※

かしはゞら
雲垂れこめて
かみなりのとゞろくうちに
峯《みね》は雪つむ
(616)

※

岩手やま
あらたに置けるしらゆきは
星のあかりに
うすびかるかも
(617)

※

ぬれ帰り
ひたすら火燃すそのひまに
はがねのそらは　はやあけそめぬ
さだめなく
(618)

われに燃えたる火の音を
じつと聞きつゝ
停車場にあり
(621)

※

冴《さ》えわたり
七つ森より風来れば
あたまくらみて
京都思ほゆ
(622)

※

白樺に
かなしみは湧きうつり行く
つめたき風のシグナルばしら
(623)

※

疾《や》みたれど
けさはよろこび身にあまり
そらもひとらもひかりわたれり
(624)

※

あかつきの
黄のちぎれ雲　とぶひまは

小学校によそ行きの窓　(625)

※

あかつきは
小学校の窓ガラス
いみじき玻璃《はり》にかはれるもあり　(626)

※

雲垂るゝ
やなぎのなかの古川に
うかびいでたるあしたの沼気《せうき》　(627)

※

楊《やなぎ》より
よろこびきたるあかつきを
古川に湧くメタン瓦斯《ガス》かな　(628)

※

そらいつか
うす雲みちて
日輪は　ちゞれかしはの原をまろびぬ　(629)

※

高原の
白日輪と
赤毛布シヤツにつくりし鉄道工夫と　(630)

※

雲しろく
ちゞれ柏《かしは》の高原に
よぼよぼ馬は草あつめたれ　(631)

霜ぐもり
ちゞれ柏の
高原に
赤きしやつ着て
草を干すひと　(631)
(632)[a]

※

そら青く
開うんばしのせとものの
らむぷゆかしき冬をもたらす　(632)

※

きららかに
雨はれて人もあらざれば

鵝《が》鳥はせ来てわが足をかむ

(633)

※

うちたゝむ雲のこなたに
沼森《ぬまもり》のひわいろばかり
うす陽あびたれ

(634)

※

雨去れば
黄葉きらゝかにひかり立ち
ひとむれの雲は
逃げおくれたり

(635)

※

みだらなる
ひかりを吐きて
雨雲は　よせめぐりたり　黒坊主山
（冬より春　白丁）

(636)

※

ひゞ入りて
凍る黄ばらのあけぞらを
いきをもつかず　かける鳥はも

(637)

※

目をとぢし
うすらあかりに
しらしらとわきたつ雲はかなしみの雲

(638)

※

やうやくに
峯にきたればむら雲の
ながれを早みめぐむくろもじ

(639)

※

けはしくも
刻むこゝろのみねみねに
かほりわたせる　ほうの花かも

(640)

※

ここはこれ
惑《まど》ふ木立のなかならず
しのびをならふ
春の道場

(641)

※

夜はあけて

馬はほのぼの汗したり
うす青ぞらの
電柱の下
(642)

※

夜をこめて
硫黄《いわう》つみこし馬はいま
あさひにふかく
ものをおもへり
(643)

大正七年五月より

薄明の青木

※

暮れやらぬ　黄水晶《シトリン》のそらに
青みわびて　木は立てり
あめ　まつすぐに降り
(646)

※

白光の暮れぞらに立ちて
これはこれ
(644)

夜の間にたれかたびだちの
かばんに入れし薄荷糖《はくかたう》なり

※

あまぐもは
氷河のごとく地を掻《か》けば
森は無念の　群青《ぐんじやう》を呑《の》み
(645)

※

その青木
ひたすら雨に洗はれて居り
(647)

※

雲の原の
こなたに青木立ちたれば
くれの羽虫ら雨を避けたり
(648)

※

雨やめど
かへつて空は重りして
青木も陰の見えそめにけり
(649)

※

あめ故に
停《とま》りありけん　青すずめ
青木をはなれ
夕空を截《き》る
(650)

※

いまははや
たそがれぞらとなりにけり
青木のかなた
からす飛びつつ
(651)

※

公園

青黝《あをぐろ》み　流るゝ雲の淵《ふち》に立ちて
ぶなの木
薄明の六月に入る
(652)

※

暮れざるに
けはしき雲のしたに立ち
いらだち燃ゆる
アーク燈《とう》あり
(653)

ニッケルの雲のましたにいらだちて
しらしら燃ゆる
アーク燈あり
(653)
(654)[a]

※

黒みねを
はげしき雲の往《ゆ》くときは
こゝろ
はやくもみねを越えつつ
(654)

※

燃えそめし
アークライトの下に来て
黒雲翔《か》ける夏山を見る
(655)

燃えそめし
アークライトは
黒雲の
高洞山《たかほらやま》を
むかひ立ちたり

(655)
(656)[a]

※

黒みねを
わが飛び行けば銀雲の
ひかりけはしくながれ寄るかな

(656)

窓　二首

※

天窓をのぞく四角の
碧《あを》ぞらは
暮ちかづきてうす雲をはく

(657)

※

ひそやかに
ちかづく暮にともなひて
うす雲をはく

ひときれの空

(658)

※

みちのくも
はてにしあれば
七月の終りといふに
そら深むなり

(659)

※

みそらには
秋の粉ぞいちめんちりわたり
一斉に咲く
白百合《ゆり》の列

(660)

※

そらはまた
するどき玻璃《はり》の粉を噴きて
この屋根窓の
レースに降らす

(662)

※

ひがしぞら
うかぶ微塵《みぢん》のそのひかり

青み惑《まど》ひて
わが店に降る
（664）

※

月弱く
さだかならねど
縮れ雲ひたすら北に飛びてあるらし
（665）

※　北の又

霧積みて
雫も滋《しげ》くなりしかば
青くらがりを立てるやまどり
（666）

※　葛丸《くずまる》

ほしぞらは
しづにめぐるを
わがこゝろ
あやしきものにかこまれて立つ
（668）

※

鳥の毛は
むしられ飛びて
青ぞらを
羽虫のごとくひかり行くかな
（670）

※

息吸へば
白きここちし
くもりぞら
よぼよぼ這《は》へるなまこ雲あり
（672）

※

縮まれる肺いつぱいに
いきすれば
空にさびしき雲もうかべり
（673）

※

相つぎて
銀雲は窓をよぎれども
ねたみは青く室に澱《よど》みぬ
（674）

※

しろがねの
月にむかへば
わがまなこ
雲なきそらに雲をうたがふ
（678）

※

しろがねの月にむかへば
わがまなこ
雲なきそらに
雲をうたがふ　(678′)

※

そら高く
しろがねの月かゝれるを
わが目
かなしき雲を見るかな　(679)

アンデルゼン白鳥の歌

※

「聞けよ」(„Höre,“)
また
月はかたりぬ
やさしくも
アンデルゼンの月はかたりぬ　(690)

※

海あかく
そらとけじめもあらざれば
みなそこに立つ藻もあらはなり　(691)

※

みなそこの
黒き藻はみな月光に
あやしき腕を
さしのぶるなり　(692)

※

おゝさかな
そらよりかろきかゞやきの
アンデルゼンの海を行くかな　(693)

※

ましろなる羽も融け行き
白鳥は
むれをはなれて
海にくだりぬ　(694)

※

わだつみと

月のねたみは
青白きほのほとなりて白鳥を燃す　(695)

青白き
ほのほは海に燃えたれど
かうかうとして
鳥はねむれり　(695)
(696)[a]

※

※

あかつきの
琥珀《こはく》ひかればしらしらと
アンデルゼンの月はしづみぬ　(696)

※

あかつきの琥珀ひかれば白鳥の
こころにはかにうち勇むかな　(697)

※

白鳥の
つばさは張られ
かゞやける琥珀のそらに
ひたのぼり行く　(698)

※　二首

錫病《すずびやう》の
そらをからすが
二羽飛びて
レースの百合《ゆり》も
さびしく暮れたり　(704)

※

編物の
百合もさびしく暮れ行きて
灰色錫のそら飛ぶからす　(705)

※

雲垂れし
この店さきを
相つぎて
道化まつりの山車は行くなれ　(707)

※

みそらより

ちさくつめたき渦降りて
桐《きり》の梢《こずゑ》に
わなくからす

(708)

※

つつましき
春のくるみの枝々に
黄金《きん》のあかごら
きたりかゝれり

(709)

※

なまこ山
海坊主《うみばうず》山のうしろにて
薄明穹《はくめいきう》を過ぎる黒雲

(710)

なまこ山越えてさびしき
くさのはて
薄明穹の
くらき水いろ
あはれきみがまなざしのはて

(710)(711)[a]

むくつけき
松の林と土耳古玉《タキス》の天と

(710)(711)[b]

北上の大野に汽車は入りたれば
きみはうるはしき面をあげざり

(710)(711)[c]

うるはしく
うらめるきみがまなざしの
はてにたゞずむ緑青《ろくしやう》の森

(710)(711)[d]

むくつけきその緑青の林より
まなこをあげてきみは去りけり

(710)(711)[e]

大正八年八月より

※

くらやみの
土蔵のなかに
きこえざる
悪しきわめきをなせるものあり

(711)

※

中留《なかとめ》の
物干台のはりがねは
暮れぞらに溶けて
細り行くらし

(712)

※

雲母摺《きらず》りの
ひかりまばゆき大空に
あをあを燃ゆる
かなしきほのほ

(713)

※

雲きれら
うかびひかりぬ
雨すぎて
さやかに鎖《と》ざす　寒天のそら

(714)

※

暮れがたの
からたち坂をきらゝかに
油瓶来る
黄の油瓶

(715)

雲焼けの
からたち坂を
ほこらかに
油瓶もて
おりくる児あり

(715)
(717)[a]

うなゐの子
電車ガードの夕焼けを
油瓶もて
ほこらかに来る
(715)(717)b

北上川第一夜

※

錫《すず》の夜を
そらぞらしくもながれたる
北上川のみをつくしかな
(717)

※

ほしめぐる
みなみのそらにうかび立ち
わがすなほなる
電信ばしら
(718)

※

銀の夜を
虚空《こくう》のごとくながれたる
北上川の遠きいざり火
(719)

かすかなる
星の下より
うつろしく
ながれ来て鳴る
北上の水
(719)(720)a

※

錫の夜の
北上川にあたふたと
あらはれ燃ゆる
いざり火のあり
(720)

錫の夜の
北上川をあたふたと
燃えて下りくる
いざり火のあり
(720)(721)a

※

北上川
そらぞらしくもながれ行くを

みをつくしらは
夢の兵隊
（721）

夜をこめて行くの歌

※

みかづきは幻師《げんし》のごとくよそほひて
きらびやかなる虚空《こくう》をわたる
（723）

※

みがかれし
空はわびしく濁るかな
月の幻師のあかつきちかく
（724）

※

みかづきの
ひかりつめたくわづらひて
きらびやかなる
夜ははてんとす
（725）

※

すみやかに
鶏頭山《けいとうざん》の赤ぞらを
くもよぎり行きて
夜はあけにけり
（726）

※

三日月よ
幻師のころも
ぬぎすてて
さやかにかかるあかつきのそら
（727）

※

ものみなはよるの微光と水うたひ
あやしきものをわれ感じ立つ
（729）

※

ほしもなくいざり火もなく
きたかみの
こよひは
水の音のみすなり
（730）

※　北上川第四夜

黒き雲ひろごりうごく北上の
こよひは水の音のみすなり
（733）

※

黒雲の
北上川の橋の上に
劫初《こふしよ》の風ぞわがこころも吹く

（734）

※

黒雲の
北上川の風のなかに
網うつ音の
遠くきこゆる

（735）

よるふかき
雲と風との北上を
水に網うつ音きこゆなり

（735）
（736）a

※

巨《おほい》なる
秋のあぎとに繞《めぐ》られし
薄明をわがひとりたどれる
そらのはて

（736）

※

わづかに明く
たそがれの
秋のあぎとにわがとらるゝらし

（737）

たそがれの
森をいそげば
ほのじろく
秋のあぎとぞ
そらを繞れる

（737）
（738）a

ほのじろき
秋のあぎとに繞られて
杜《もり》ある町の
しづかに暮れたり

（737）
（738）b

※

風ふけば
こゝろなみだち
うすぐもの空に双子のみどりひかれる

（738）

※

あかつきの
風に吹かれて葉白める
やなぎの前に汽車はとまりぬ

※

おゝ　蛇紋岩《サアペンテイン》のそばみちに
そらは薄明のつめたきひとみ

※

わが青き蛇紋岩《サアペンテイン》のそばみちに
ことしの終りの月見草咲き

※

北面のみ
うす雪置きて七つ森
はるかに送る
わかれのことば

※

ひややかに
雲うちむすび　七つ森
はや飯岡《いひをか》の山かげとなる

※

(739)

(740)

(741)

(742)

(743)

朽ちのこりし
玉菜の茎を青ぞらに
投げあげにつゝ
春は来にけり

※

うすぐもの
いつやわきけん
たゞすばる
あやしきさまに
ひかりけむれり

※

北風は
すこしの雪をもたらして
あまぐもを追ひ
うす陽そそげり

※

桐《きり》の木の
ねがひはいともすなほなれば
恐らくは

(745)

(746)

(747)

青ぞらに聞かれなんぞ　(749)

※

うみすゞめ
つどひめぐりて
あかつきの
青き魚とる　雲垂れ落つを　(752)

※

うちゆらぐ
波の砒素《ひそ》鏡つくりつゝ
くろけむりはきて船や行くらん　(753)

※

鬼ぐるみ
黄金のあかごらいまだ来ず
さゆらぐ梢《こずゑ》
あさひを喰《は》めり　(754)

※

鬼ぐるみ
黄金のあかごを吐かんとて
波立つ枝を
あさひに延ばす　(755)

※

サイプレス
忿《いか》りは燃えて
天雲のうづ巻をさへ灼《や》かんとすなり　(759)

※

天雲の
わめきの中に湧きいでて
いらだち燃ゆる
サイプレスかも　(760)

大正十年四月

伊勢

※

杉さかき　宝樹にそゝぐ　清《せい》とうの　雨をみ神に謝しまつりつゝ　(763)

※

かゞやきの雨をいたゞき大神のみ前に父とふたりぬかづかん　(764)

※

降りしきる雨のしぶきのなかに立ちて　門のみ名など衛士《ゑじ》は教へし　(765)

※

透明のいみじきたまを身に充《あ》てゝ五十鈴《いすず》の川をわたりまつりぬ　(766)

※

五十鈴川　水かさ増してあらぶれの人のこころもきよめたまはん　(767)

※

みたらしの水かさまして埴土《はに》をながしいよよきよきとみそぎまつりぬ　(768)

※

いすず川　水かさ増してふちに群るるいをのすがたをけふは見ずかも　(769)

※

硅岩《けいがん》のましろき砂利にふり注ぐいみじき玉の雨にしあるかな　(770)

※　内宮

大前《おほまへ》のましろきざりにぬかづきて　たまのしぶきを身にあびしかな　(771)

※

五十鈴川　水かさ増してはにをながし天雲ひくく杉むらを翔《か》く　(772)

※

雲翔くるみ杉のむらをうちめぐり　五十鈴川かもはにをながしぬ　(773)

※　二見

ありあけの月はのこれど松むらのそよぎ爽《さは》かに日は出でんとす　(774)

比叡《ひえい》

※　根本中堂

ねがはくは　妙法如来正偏知《めうはふによらいしやうへんち》　大師のみ旨《むね》成らしめたまへ　(775)

※　大講堂

いつくしき五色《ごしき》の幡《ばん》はかけたれどみこころいかにとざしたまはん　(776)

※

いつくしき五色の幡につゝまれて大講堂ぞことにわびしき　(777)

※

うち寂《しづ》む大講堂の薄明にさらぬ方してわれいのるなり　(778)

※

(779) あらたなるみ像かしこくかゝれども　その墓はしきみ像はあれど

※

(780) おゝ大師たがひまつらじ　たゞ知らせきみがみ前のいのりをしらせ

※

(781) みづうみのひかりはるかにすなつちを掻《か》きたまひけんその日遠しも

※

(782) われもまた大講堂に鐘つくなりその像法《ざうぼふ》の日は去りしぞと

※

(783) みづうみは夢の中なる碧孔雀《あをくじやく》まひるながらに寂《さび》しかりけり

※　随縁真如《ずいえんしんによ》

(784) みまなこをひらけばひらくあめつちにその七舌《しちぜつ》のかぎを得《え》たまふ

※　同

(785) さながらにきざむこゝろの峯々にいま咲きわたす厚朴《ほう》の花かも

※

(786) 暮れそめぬふりさけみればみねちかき講堂あたりまたたく灯あり

法隆寺

※

摂政《せつしやう》と現《げん》じたまへば十七《じふしち》ののりいかめしく国そだてます　(787)

※

いかめしく十七珠を織りなすはとはのほとけのみむねやうけし　(788)

※

おほみことなくてはたえの瓔珞《やうらく》もうけまさざりし　さ仰ぎまつる　(789)

※

法隆寺はやとほざかり雨ぐもはゆふべとともにせまりきたりぬ　(790)

奈良公園

※

月あかりまひるの中に入り来るは馬酔木《あしび》の花のさけるなりけり　(791)

※

あぜみ咲きまひるのなかの月あかりこれはあるべきことにあらねど　(792)

※　春日裏坂六首

朝明《け》よりつつみをになひ園《その》をよぎり春日の裏になれは来るかも　(793)

※

ここの空気は大へんよきぞそこにてなれ　鉛の鹿のゼンマイを巻き　(794)

※

その鹿のゼンマイを巻きよろこばんことふさはしきなれにしあるを　(795)

※

(796) おおそれにて鉛の鹿は跳ぬる踊るなれは朝間《ま》をうちやすらへよ

※

(797) さかしらのをとなに物を売るなれをいとゞほとけはいとしみまさん

※　さる沢

(798) さる沢のやなぎは明くめぐめども　いとほし　夢はまことならねば

※

(799) さる沢のやなぎはめぐむこたびこそ　この像法《ざうほう》の夢をはなれよ

※

(800) さる沢の池のやなぎよことし又むかしの夢の中にめぐむか

※　旅中草稿

(801) 父とふたりいそぎて伊勢に詣《まうで》るなり　雨と呼ばれしその前のよる

※

(802) 赭《あか》ら顔　黒装束のそのわかものいそぎて席に帰り来しかな

※

(803) コロイドの光の上に張り亘る夜の穹窿《きうりう》をあかず見入るも

※

(804) 品川をすぎてその若ものひそやかに写真などをとりいだしたるかも

東京

※

エナメルのそらにまくろきうでをささげ　花を垂るるは桜かあやし (805)

※

青木青木はるか千住《せんじゅ》の白きそらをになひて雨にうちどよむかも (806)

※

かゞやきのあめにしばらくちるさくらいづちのくにのけしきとや見ん (807)

※

ここはまた一むれの墓を被《おほ》ひつゝ梢《こずゑ》暗みどよむときはぎのもり (808)

※

咲きそめしそめゐよしのの梢をたかみひかりまばゆく翔《か》ける雲かな (809)

※

雲ひくく　桜は青き夢の列《つら》　汝《な》は酔ひしれて泥洲《どろす》にをどり (810)

※

汝が弟子は酔はずさびしく芦原《あしはら》にましろきそらをながめたつかも (811)

かさとばかり呟《つぶや》きの声は聞え来りぬ
雑木光りて青きそらより (811)a

岩手山いたゞきをふゞきこめたれば
谷は天へとつらなるごとし

(811)b

めまぐるきひかりのうつろのびたちて
いちゞくゆるゝ天狗《てんぐ》巣《す》のよもぎ

(811)c

歌稿補遺

歌稿補遺

明治四十四年一月

さすらひの楽師は町のはづれとてまなこむなしくけしの茎嚙《か》む　(3)

夜の底に雲しづみたれば野馬《のうま》どち火をいとほしみ集ひ来らしも　(15)(16)[a]

四十五年四月

寒行《かんぎやう》の声聞《しやうもん》たちよ鈴の音にかゞやきいづる星もありけり　(70)

大正三年四月

白樺の老樹の上に眉白きをきな住みつゝ熱しりぞきぬ　(83)

病院の歌　以下

熱去りてわれはふたゝび生れたり光まばゆき朝の病室　(98)

わが小《ちさ》き詩となり消えよなつかしきされどかなしきまぼろしの紅　(106)

かなしみよわが小き詩にうつり行けなにか心に力おぼゆる　(107)

目をつぶりチブスの菌と戦へるわがけなげなる細胞をおもふ　(108)

今日もまたこの青白き沈黙の波にひたりてひとりなやめり (109)

いつまでかかの神経の水色をかなしまむわれにみちくるちから (114)

雲はもう、ネオ夏型　おれのからだも熱がとれ、さえざえ桐《きり》の花が咲く (116)(117)a

雲かげの山いと暗しわがうれひその山に湧きてそらにひろごる (118)

よごれたる陶器の壺《つぼ》に地もわれもやがて盛られん入梅ちかし (133)

きんぽうげつめくさのはなむらがりの中に錆ある一すじの水 (140)

いさゝかの奇蹟《きせき》を起す力欲しこの大空に魔はあらざるか (170)

たそがれの葡萄《ぶだう》に降れる石灰のひかりのこなは小指ひきつる (187)

くるほしきわらひをふくみ学校は朝の黄雲に延びたちにけり (202)

ちぎられし毒べにだけに露おきて泣く〳〵朝日のぼりきたりぬ (220)

うろこぐも月光を吸ひ露置きてばたと下れるシグナルの青 (222)

じやがいもの雲はくされ雲はちゞれちゞれ、先生も死にて烏《からす》とびけり (229)

たそがれの町のせなかをなめくじの銀の足がかつて這《は》ひしことあり (230)

大正四年四月より

雲きれてにはかに夕陽《ゆふひ》落ちたればこゝろみだれぬすゞらんの原 (243)

大正五年三月より

いかでわれふたゝびかくはねがふべきたゞ夢の海しら帆《ほ》はせ行け (266)

雲かげの山の紺よりかすかなる沃度《ヨード》のにほひ顫《ふる》ひくるかも (313)

本堂に流れて入れる外光を多田先生はまぶしみ給ふ (329)

大正五年七月

博物館

うすれ日の旅めのきぬはほそ〴〵と富士のさびしさうたひあるかな (345)

盛岡

歌まろの富士はあまりにくらければ旅立つわれも心とざしぬ (348)

うたがひはつめたき空のそこにすみ冬ちかければわれらにいたる (363)

大正五年十月中旬より

「大萱生《かゆふ》」これはかなしき山なるをあかきのれんに染め抜けるかな (378)

ギラ〳〵の朝日いづればわがこゝろかなしきまでに踊りたつかな (414)

とね河はしづに滑《すべ》りてあまつはらしろき夜明
の巻雲に入る
(427)

とね河はしらしらあけのあまつはらつめたき
雲をとかしながるゝ
(428)

大正六年四月

ふるさとの野は青ぐもり湛《たた》ゆなり枯草の谷に
ふりかへり見れば
(452)

たちならぶ家のうすかげ、をち山の雪のかゞ
やきみなわれにあり
(454)

夜あぐれば峯につゞける雑木林うす陽《び》わづか
に梢《こずゑ》渡りくる
(464)

ますらをのおほきつとめは忘れはてやすけら
からんとつとむるものよ
(478)

をのこらよなべてのもののかなしみをになひ
てわれらとはに行かずや
(479)

ひたすらにをみなを得んとつとむるはまこと
のつよきをのこのわざか
(480)

このむれはをのこのかたちしたりとてこゝろ
はひたにをみなににたり
(481)

せはしくも花散りはてし盛岡をめぐる山々雪
はふりつゝ
(485)

ほうさくらひとときに咲くこの国は花散りて
また雪きたるなれ
(486)

雪と見つありふれごととわらひしに今日はま
ことの雪ぞふりける
(487)

汽車に入りてやすらふぬかのまのあたり白く
泡だつまひるのながれ　(491)

たそがれを雫石川《しづくいしがは》めぐりきてこの草笛のさび
しさを載《の》す　(495)

大正六年五月

公園

うちたゝむたそがれ雲のすきまよりのぞきい
でたる天の一きれ　(511)

はくうんぼく

静かなる花を湛《たた》ふるかゞやきのはくうんぼく
にむるゝすがるら　(518)

大正六年七月

きいちごは雲につめたく熟れたればかそけき
なみだ誰《たれ》かなからん　(569)

（以下江刺《えさし》地質調査中）

上伊《かみい》手《で》剣舞連《けんばいれん》

うす月にきらめき躍《をど》るをどり子の鳥羽もてか
ざる異形《いぎやう》はかなし　(595)

祖父の死

けさもまた泪《なみだ》にうるむ木の間より東のそらの
黄ばら哂《わら》へり　(619)

あけそむるそらはやさしきるりなれどわが身
はけふも熱鳴りやまず　(620)

大正七年五月以降

公園の薄明

暮れそむるアーク燈《とう》の辺《べ》雲たるゝ黒山に向ひおかれしベンチ　(655)

いづくにも不平はみちぬそがなかに何をもとむるわがこゝろぞも　(661)

われ狂ひて死せし三木敏明にわかれて白き砂をふみ行く　(663)

折壁《をりかべ》

たばこばた風ふけばくらしたばこばた光の針がそゝげばかなし　(669)

あゝ大地かくよこしまの群を載《の》せかなしみいかにはげしかるらん　(671)

けはしきもやすらかなるもともにわがねがひならずやなにをやおそれん　(675)

けはしくばけはしきなかに行じなんなにをおそれてたゆむこゝろぞ　(676)

けわしくもそらをきざめる峯々にかゞやくはなの芽よいざひらけ　(677)

青びとのながれ

あゝこはこれいづちの河のけしきぞや人と死びととむれながれたり　(680)

青じろき流れのなかを死人ながれ人々長きうでもて泳げり　(681)

青じろきながれのなかにひとびとはながきか

ひなをうごかすうごかす　(682)

うしろなるひとは青うでさしのべて前行くもののあしをつかめり　(683)

溺《おぼ》れ行く人のいかりは青黒き霧とながれて人を灼《や》くなり　(684)

あるときは青きうでもてむしりあふ流れのなかの青き亡者《まうじや》ら　(685)

青人のひとりははやく死人《しにびと》のたゞよへるせなをはみつくしたり　(686)

肩せなか喰《は》みつくされししにびとのよみがへり来ていかりなげきし　(687)

青じろく流るゝ川のその岸にうちあげられし死人のむれ　(688)

あたまのみひとをはなれてはぎしりし白きながれをよぎり行くなり　(689)

大正七年十二月

沈み行きてしづかに青き原をなす炭酸銅のよるのさびしさ　(699)

緑青《ろくしやう》のさびしき原は数しらぬ気泡をそらにはきいだすかな　(700)

なげ入れし曹達《ソーダ》はあをざめし泡をはき朧《おぼろ》に青き液を往来す　(701)

このほのほかゞやきあまりしげければかへりて水のこゝちするかな　(702)

みちのくの夜はたちまちに燃えいでゝ赤き怒

りの国と変りぬ　(703)

うちくらみとざすみそらをかなしめば大和尚
らのこゝろ降《お》り下る　(706)

八年八月以降

石丸博士を悼《いた》む

さりげなくいたみをおさへ立ちませるそのみ
すがたのおもほゆるかも　(716)

北上川第一夜

いそがしく橋にきたればほしあかりほのじろ
の川をうれひひたしぬ　(722)

北上川第二夜

ほしかげもいとあはければみをつくし今宵《こよひ》は
ならぶまぼろしの底　(728)

仝　第三夜

われを呑《の》めぬれし酒桶《をけ》われをのめようすくら
がりのからの酒桶　(731)

はるかなるくらき銀雲、銀の雲よとびきてわ
れをとれ銀の雲よ　(732)

北上川第四夜

北上の夜の大ぞらに黒き指はびこり立たすそ
のかみのかぜ　(733)

かゞやけどこは春信の雪なればわがゑんだう
のうらうら青み　(744)

そら青ければはだかとなりいのりつちをほり
すなつちをほりいのりつちをほり　(750)

くるみの木黄金《きん》のあかごらいまだ来ずさゆら

ぐ梢《こずゑ》あさひをはめり　(754)

須弥山《しゆみせん》の瑠璃《るり》のみそらに刻まれし大曼荼羅《だいまんだら》を
仰ぐこの国　(757)

はらからよいざもろともにかゞやきの大曼荼
羅を須弥に刻まん　(758)

ゴオホサイプレスの歌

灯《ひ》のしたにうからつどふをなはひとりたそが
れに居てものおもひけん　(761)

薄明穹《はくめいきう》まつたく落ちて燐光《りんくわう》の雁《かり》もはるかの西
にうつりぬ　(762)

雑誌発表の短歌

灰色の岩（抄）

鈍感の　鼠色《ねずみ》なる　この岩は　七月の午後の　霧を吸ひたり

そのむかし　なまこのごとく水底《みな》を　這《は》ひて流れし　石英《せきえい》粗面岩

おろかなる　灰色の岩の　丘に立ち　今日も暮れたり　雲はるぐと

（うまのひとみ等）
硼砂球　クロツカスのしべ　さてはまた　ペンが配れる　青黒の汁

なつかしき　わが長石よ　たそがれの　淡き灯《ひ》に照る　そとぼりのたもと

鳰《にほ》の海　石山行きの　小蒸気に　陽はあか〳〵と　山なみの雪

まどろみの　山の絵巻《ゑまき》の　みどりこそ　つかれしこゝろ　なぐさむものぞ

大使館　低き煉瓦《れんぐわ》の　塀に降る　並木桜の朝の病葉《わくらば》

錦町　もやを通れる晨光《しんくわう》の　しみ〴〵注《そそ》ぐ　プラタヌスかな

東京よ　これは九月の青苹果《あをりんご》　あはれと見つゝ汽車に　乗り入る

毛虫焼く　まひるの火立つ　これやこの　秩父《ちちぶ》寄居《よりゐ》のましろき　そらに

山峡《やまかひ》の　町の土蔵の　うす〳〵と　夕もやに暮れ　われらもだせり

霧晴れぬ　分れて乗れる　三台《だい》の　ガタ馬車は行く　山岨《やまそば》のみち

盆地にも　今日は別れの　本野上《ほんのがみ》　駅にひかれる　たうきびの穂よ

はる〴〵と　宗谷に行かん　少年の　工夫はねむる　朝の阿武隈《あぶくま》

『校友会会報　第三十二号』

雲ひくき峠等（抄）

いざともに　うたがひをやめ　さかしらの　地をばかゞやく　そらと　なさずや

『校友会会報　第三十三号』

みふゆのひのき（抄）

アルゴンの　かゞやくそらに　悪《わる》ひのき
みだれみだれていとゞ恐ろし

なにげなく　風にたわめる　黒ひのき
まことはまひるの　波旬《はじゅん》のいかり

雲きれよ　ひのきはくろく延びたちて
なかにたくらむ　連《つ》れ行け　よはぼし

あはれこは　人にむかへるこゝろなり
ひのきよまこと　なれはなにぞや

（大正六年二月中）

ちゃんがちゃがうまこ

夜《よ》の間《ま》がら　ちゃんがちゃんがうまこ
見るべとて　下《しも》の橋《はし》には　いっぱ　人立つ

中津川ぼやんと　しいれい藻の花に
かゞった橋の　ちゃがちゃがうまこ

はしむっけのやみのながゞら　音がして
ちゃがちゃがうまこは　汗《あせ》たらし来《く》る

夜明方　あぐ色の雲は　ながれるす
ちゃがちゃがうまこは　うんとはせるす

（大正六年六月中）

『あざりあ　第一号』

箱が森七つ森等（抄）

箱が森　七つ森とは　仲《なか》あしき　なれなるをもて　かゝる　たはぶれ

沼森《ぬまもり》は　山々つくる　野に　立ちて　所々《しよしよ》にはげつゝ　陽《ひ》に　けぶりけり

黎明《れいめい》のうた

ますらをは　はてなきつとめになひたち　身《み》をかなしまず　とはに行《ゆ》くべし

まことなる　をのこらはたて　立《た》ちいづる　そのあめつちの　春《はる》のあかるさ

春すぎて　かがやきわたる　あめつちに　わかものたちは　たゞ身を愛《あい》す

たびはてん　遠くも来つる　旅ははてなむ　旅立たむ　なべてのひとの　旅はつるまで

『校友会会報　第三十四号』

『アザリア　第二輯』

夜のそらにふとあらはれて（抄）

樺《かば》もゆるあかき火なればすゞらんはふるひ　ひかり　なほ青々と冴《さ》ゆ

心と物象（抄）

しろがね保つ軽さはうしなひて　うち沈みたる　たそがれの雲

（高倉山）

落ちかゝる　そらのしたとて　電信のはしらよりそふ　青山のせな

（鉛）

窓（抄）

あかりまどそらしろく張るにすゞめ来ていとゞせはしくつばさ廻《まは》せり

あかりまど　そらしろく張るに　すゞめ来て　いとどせはしくつばさ廻《まは》せり

阿片光さびしく　こむるたそがれの　むねにゆらげる青き麻むら

きれぎれに雨を伴ひ吹く風にうす月こめて虫の鳴くなり

『校友会会報　第三十五号』

書簡中の短歌（抄）

神保町《じんぼうちやう》少しばかりのかけひきにや、湿りある朝日は降れり

するが台雨に銹《さ》びたるブロンズの円屋根《まるやね》に立つ朝のよろこび

霧雨のニコライ堂の屋根ばかりなつかしきものはまたとあらざり

青銅の穹屋根《ドーム》は今日いと低き雲をうれひてうちもだすかな

かくてわれ東京の底に澱《よど》めりとつくづく思へば空のゆかしさ

おとなしく白びかりせる屋根ありてすこしほころしく坂を下りぬ

はるかなる淀《よど》みの中のある屋根は蛋白光《たんぱくくわう》をあらはしにけり

東京の朝をみたせる偏光《へんくわう》に霧降りてこの家のあはれさ

ぎこちなき独文典もきり降ればなつかしさあり八月のそら

独乙《ドイツ》語の講習会に四日来て又見えざりし支那《シナ》の学生

うすびかる月長石のおもひでよりかたくなに眠る兵隊の靴

大使館低き煉瓦《れんぐわ》の塀に降る並木桜の朝のわくらば

うすれ日の三井銀行その中の弱きひとみのふつとなつかし

日本橋この雲のいろ雲のいろ家々の上にかゝるさびしさ

甲斐《かひ》に行く万世橋《まんせいばし》の停車場をふつとあわれにおもひけるかな

密林のひまより碧《あを》きそらや見し明きこゝろのトルコ玉かな

「版画のうた」

「高輪《たかなわ》の二十六夜」の海のいろ果てほの白くいづち行くらん
歌まろの乗合船の絵の前になんだあふれぬ富士くらければ
ほそぼそと波なす線はうすれ日の富士のさびしさうたひあるかな
ひろ重《しげ》の木曾路のやまの雪のそら水の色水の色人はとられん

〔推定大正五年八月十七日　保阪嘉内宛〕

熊谷《くまがい》の蓮生坊《れんじやうばう》がたてし碑の旅はる〲と泪《なみだ》あふれぬ
武蔵の国熊谷宿に蠍座《さそりざ》の淡々ひかりぬ九月の二日
はる〲とこれは秩父の寄居《よりゐ》町《まち》そら曇れるに毛虫を燃す火
はる〲と秩父のそらのしろぐもり河を越ゆれば円石《まるいし》の磧《かはら》

豆色の水をわたせるこのふねのましろきそらにうかび行くかな
つくづくと「粋《いき》なもやうの博多《はかた》帯《おび》」荒川《あらかは》ぎしの片岩《へんがん》のいろ
山かひの町の土蔵のうす〱と夕もやに暮れわれら歌へり
荒川はいと若やかに歌ひ行き山なみなみは立秋の霧
霧はれぬ分れてのれる三台のガタ馬車の屋根はひかり行くかな

〔推定大正五年九月五日　保阪嘉内宛〕

かすみたる眼あぐれば碧々《あをあを》と流れ来れるまひるの峡流《けふりう》
荒川の碧きはいとゞほこらしくかすみたる目にうつりたるかな
あはあはとうかびいでたる朝の雲われらが馬車の行手の山に

友だちはあけ《開》はなたれし薄明の空と山とにいまだねむれり

峡流《けふりう》の白き橋かもふるさとを　おもふにあらず涙あふれぬ

大神にぬかづきまつる山上の星のひかりのたゞならなくに

星月夜なほいなづまはひらめきぬ三みねやまになけるこほろぎ

こほろぎよいなびかりする星の夜の三峰《みつみね》やまにひとりなくかな

星あまりむらがれる故恐れしをなくむしのあり三峰神社

（大正五年九月六日朝）

〔大正五年九月六日　保阪嘉内宛〕

釜石の夜のそら高み熾熱《しねつ》の鉱炉にふるふ鉄液のうた

やうやくに湾に入りたる蕩児《たうじ》らの群には暮れの水の明滅
蕩児らと宮古にきたり夜のそらのいとゞふかみに友をおもへり

〔推定大正六年七月二十九日　保阪嘉内宛〕

月更けて井手《いで》に入りたる剣まひの異形のすがたこゝろみだるゝ
うす月の天をも仰ぎ大鼓うつ井手の剣まひわれ見てなかゆ

〔推定大正六年九月三日　保阪嘉内宛〕

君を送り君を祈るの歌

はてしらぬ蒼《あを》うなばらのきらめきをきみかなしまず行きたまふらん
すべてこれきみが身なればわだつみの深き底にもをそれはあらじ

あゝ海とそらとの碧《あを》のたゞなかに燃え給ふべし赤き経巻《きやうかん》
このみのりひろめん為にきみは今日とほき小島にわたりゆくなり
あゝひととわれらとともにまことなるひかりを地にもむかひまつらん
ねがはくは一天四海《いつてんしかい》もろともにこの妙法《めうほふ》に帰しまつらなん

〔推定大正七年三月十四日　成瀬金太郎宛〕

はるきたりみそらにくもらひかるともなんぢはひとりかなしまず行け
なんぢをばかなしまず行けたとへそらＯＰＡＬの板となりはつるとも

〔大正七年四月二十日　保阪嘉内宛〕

よるべなく夕暮亘《わた》る桑《くは》の樹《き》の

足並の辺《べ》に咲けるみざくら
夕暮はエルサレムより飛びきたり
桑の木末《こずゑ》をうちめぐりたれ

〔大正八年五月二日　保阪嘉内宛〕

そら高く風鳴り行くを天狗巣《てんぐす》の
さくらの花はむらがりて咲く
天狗巣の花はことさらあわれなり
ほそぼそのびしさくらの梢《こずゑ》

〔推定大正九年四月　保阪嘉内宛〕

うまはみなあかるき丘に
ひらかれし戸口をのぞみて
ひとみうるめり

原稿断片等の中の短歌

謹みて橋本大兄に呈す
口を尖《とが》らしたる像及腰折《こしをれ》五首

像贈るきさらぎの夜のふゞきする
　ちまた歩みて凍えし手もて

一むねに四とせの雨よはた風よ
　君はもだせる人として来ぬ

君は行く太行《たいかう》のみち三峡《さんけふ》の
　険《けん》にも似たる旅路を指して

しぐれする山のいでゆにはた雪の
　かの野の路に君を叫びき

さあれ吾《われ》はかのせまき野の白き家に
白墨《はくぼく》の粉にむせぶかなしみ

葉桜の
それともわかぬ
月しろに
匂《にほ》ふこゝろは
かはらざるらん

晩春夜雨
あめつちのめぐみ
なりけり
春雨の
苔《こけ》の花だに
うちひたしつゝ

〔写真添え書き〕

骨立ちしかの句を
　救ひ和《なご》めんと
みこゝろ
　やゝにいたみたまひし

春ふかき夜の雨など題しける
その骨立ちし
　歌のひときれ

いよいよに
　つたなき三つの句をさゝげ
ひとつにみ手を
　乞《こ》ひたてまつる

黒き夜や
野路行く人の
たいまつの

〔銀行日誌手帳〕

余燼《よじん》を赤く
散らす風かな

〔「文語詩篇」ノート〕

東北菊花品評会

黄金の雲　はるかなる黄金の雲とながむれどなほかぐはしき花のひともと
五《ご》大洲《だいしう》　わが国のほまれと云《い》へるこの花はとつくにまでもわたり行くらん
蓬莱《ほうらい》の秋　日の本は外ヶ《そとが》浜《はま》まで落穂して風にかゞやく菊の花かな
水超々　岩はしる水の姿によそほひていよよに白きこの菊の花
瑢《よう》台　かぐはしき玉の台《うてな》にあそばんはいかなる蝶《てふ》のすがたなるらん

〔無罫詩稿用紙〕

みまなこを
ひらけばひらく
あめつちに
その七ぜつの
鑰《かぎ》を得たまふ
塵点《ぢんてん》の
劫《こう》をし
過ぎて
いましこの
妙《たへ》のみ法《のり》に
あひまつ
りしを

げに秘めし
ひともとゆゑと花びとの

〔雨ニモマケズ手帳〕

〔絶筆〕

方十里稗貫《ひえぬき》のみかも
稲熟れてみ祭三日
そらはれわたる

病《いたつき》のゆゑにもくちん
いのちなり
みのりに棄《す》てば
うれしからまし

〔半紙〕

凡例

本コレクションは、『新校本　宮沢賢治全集』（筑摩書房）を底本とし、『新修宮沢賢治全集』、新潮文庫『新編　風の又三郎』『新編　銀河鉄道の夜』『注文の多い料理店』『ポラーノの広場』『新編　宮沢賢治詩集』等を参考にして校訂し、本文を決定しました。〔　〕のついた作品題名は、無題あるいは題名不明の作品の冒頭一行を仮題名としたものです。

本文は、短歌・文語詩以外は、現代仮名づかいに改めました。また、本文中に使用されている旧字・正字について、常用漢字字体のあるものはそれに改めました。

また、読みやすさを考え、句読点を補い、改行を施し、また逆に句読点を削除した箇所があります。

さらに、常用漢字以外の漢字、宛字、作者独自の用法をしている漢字を中心として、読みにくいと思われる漢字には振り仮名をつけ、送りがなを補いました。「一諸」「大伍」などのように作者が常用しており、当時の用法として必ずしも誤りとは言えない用字や表記についても、現代通行の標準的字・表記に改めたものがあります。

今日の人権意識に照らして不当・不適切と思われる、人種・身分・職業・身体障害・精神障害に関する語句や表現については、時代的背景と作品の価値にかんがみ、そのままとしました。

本文について

栗原　敦

　本巻には、それぞれ未刊に終わったとはいえ、著者自身で集成し、清書を行った「文語詩稿」と「歌稿」を中心とする、文語詩と短歌を収録した。奇しくも、宮沢賢治の文学的生涯の〈始発〉に位置した短歌、そして、個々には童話や散文作品、口語詩篇も最晩年まで手入れを続けていたとはいえ、集成する形で清書したものとしては文字通り生涯の〈最後〉となった「文語詩稿　五十篇」・「文語詩稿　一百篇」の〈定稿〉を軸にした文語詩、この二つのジャンルをまとめる巻になった。

「文語詩稿　五十篇」と「文語詩稿　一百篇」は種々の下書稿をふまえて清書したものである。文語詩篇の定稿を記したので「定稿用紙」と呼ばれることになった詩稿用紙は、最晩年の昭和八年の六月のころに、弟の清六に依頼して作った特製のもので、これを用いて行間のアキ、連の配置指定、句読点の付置など、表現・表記の全てに精細な注意を配りつつ、ブルーブラックインクにペンで丹念に清書している。詩篇をまとめていた表紙（現在は失われており、戦前の全集での記載による）の五十篇には「文語詩稿　五十篇／本稿集む る所、想は定まりて表現未だ足らざれども／現在は現在の推敲を以て定稿とす。／昭和八年八月十五日」と書かれ、一百篇（実際は百一篇がまとめられてあった）の方には「文語詩稿　一百篇、昭和八年八月廿二日、／本稿想は定まりて表現未だ定まらず。／唯推敲の現状を以てその時々の定稿となす。」と書かれてあったという。失われた表紙の覚え書きなので、種々の解釈もあるが、ともかく「未定稿」のままに残されていた多くの下書き草稿に手を入れつつ、手入れの進んだものから選び出して、特製の専用用紙に清書していき、それを五十篇の束、続く束へと取りまとめながら、残された命の限りを尽くして、ついに著者逝去の九月二十一日のほぼ一月前までに、条件付きながらも、二つの「定稿」の集成を整え上げたということなのである。本巻でも、各詩篇の掲出のあり方について、出来る限り著者の意向に添うよう心がけた。

「文語詩未定稿」約百篇は、いま述べたことからもうかがわれるとおり、それぞれの作品ごとに、使用用紙にも執筆時期、推敲の度合いにも異なりが見られる。群としてのまとまりをなしているものでもない。そのため、草稿によっては句読点が付されたものもあるが、「文語詩未定稿」の句読点は、すべて削除することで統一した。

とはいえ、「文語詩未定稿」作品は各作品ごとに表現過程のさまざまな姿を示しており、決して未熟で中途半端な作品ではない。前記「定稿」化の資材として、晩年の著者が〈未定稿〉なる名称を用いて草稿の束を残したままである。〈定稿〉群の百五十一篇とは自ずから異なった魅力を発揮していて、誠に貴重なのである。

著者が「文語詩」表現の可能性を再発見したのは、昭和三年の発病後に残された「疾中」詩篇の中に文語体の詩篇が登場するころからであろう。昭和四年以降のある時期になって、文語体による詩篇を意識し、当初は自己の半生の回顧や反省の意図を持って取り組む狙いもあったかと思われる（「文語詩篇」ノートの存在などが参考になる）。しかし、実際に残された「未定稿」群から「定稿」に至る過程を見ると、当初の意図は廃棄され、全く新しい詩的表現の展開、深化を獲得していったことが明らかである。

「短歌」は、先にも記したように、宮沢賢治の文学的生涯の始発にあった。著者の文学的表現の〈全ては「短歌」に始まる〉のである。虚心坦懐に宮沢賢治の短歌作品をたどれば、思想も、題材も、認識や表現のあり方の源泉も、それらの全てが、短歌の中にあったとすら思われてくる。日記や紀行記事の代わりとして、瞬間のスケッチ、心象の記録として、連作で拡がりを持たせて、などなどの特質や、短歌に描かれていた題材が、詩篇に組み替えられたり、童話や散文の中に再展開されたりする例も少なくない。

短歌の実作が残されているのは盛岡中学校二年生の明治四十四年からとみられる。「歌稿〔B〕」の冒頭に明治四十二年四月に遡る作品が含められているのは、後年になっての挿入であって、短歌制作の開始時期は、遡っても四十三年ころまでで、制作の中心は大正十年の東京滞在時代に至るあたりまでである（絶筆短歌が残されるように、時に応じて記されたいくつかの作品が別にあり、それはそれで、見過ごすわけにはいかないのだが）。「歌稿」の冒頭に解題風の説明を添えたが、宮沢賢治の短歌は、生前、二つの「歌稿」としてまとめられた。一つは、妹のトシが日本女子大学校を卒業して帰郷した大正八年に、病後を養う中で兄の短歌を自家製罫紙四十七葉を用いて浄書、整理したことに始まるもの。途中から、一部に次妹のシゲ、賢治の手が加えられている（区別のためこれを「歌稿〔A〕」と呼ぶ）。もう一つが賢治自筆の稿本で、「1020（広）イーグル印原稿紙」（四〇〇字詰）百七十二枚を用いて「明治四十四年一月より」から「大正十年四月」までをまとめ、さらに、数次にわたる手入れが加えられたものである（「歌稿〔B〕」と呼ぶ）。

本巻では、「歌稿」として後者の「歌稿〔B〕」の最終形を本文として掲げた。次いで、「歌稿補遺」として「歌稿〔B〕」と重ならないものを、順次「歌稿〔A〕」作品、「雑誌発表の短歌」、「書簡中の短歌」、「原稿断片等の中の短歌」として収録した。「雑誌発表の短歌」の場合、句読点付きで掲載されたものがあるが、本巻では句読点は削除することで統一した。

紙幅の関係から、「歌稿補遺」の作品は、重複をさけて一部を抽出した結果、元々の記載、発表状況、その全体像などが分かりにくくなってしまっている。詳細は『新校本宮沢賢治全集』第一巻に拠って補って頂ければ幸いである。

本文は、『新校本宮沢賢治全集』第七巻と第一巻を底本としつつ、文語詩と短歌を収録した本巻は原則として、ルビを含め歴史的仮名遣いに拠った。ルビの付加や作者特有の用字の修正など、今回の本文決定にあたり校訂した箇所があるので、以下に主要なものについて注記する。なお行数は題名を除いた本文の行数（連替わりの空き一行も加算する）による。

文語詩稿　五十篇

いたつきてゆめみなやみし　二行目の「過」の読みは、「よ・す」のいずれも可。「よぎる」の方がやや文語的か。

雪うづまきて日は温き　一行目の「温」に草稿での原ルビはない。「ぬる」・「あたたか」いずれも可。定型律を勘案して「ぬる」を選んだが、字余りもあり得る。以下、ルビを省略する。

暁　五行目の「指竿」は田の代掻きで馬の鼻先に結わえて馬を制御する竿・棒の方言「さえざお」・「させ」。音律を勘案して「させ」を選んだ。

上流　二行目の「花穂」は『日本国語大辞典』（小学館）に音読みで立項されているのに従った。

夕陽は青めりかの山裾に　一七行目の「氈」は「けむしろ」とも読む。

歌稿

(71)「厚朴」の「ほう」は(466)の短歌などに作者の原ルビの例があるので、それに従った。

(273)「猫睛石」は「ねこめいし」とも読む。音律を勘案して「べうせいせき」を選んだ。

歌稿補遺

書簡中の短歌

大正五年八月十七日　保阪嘉内宛　四首目「穹屋根」には原ルビはない。「窿穹／穹窿」に作者の原ルビ「ドーム」の用例がある（本コレクション7巻六四頁、9巻八九頁）を参考に「ドーム」を選んだ。ただし、「穹」の字義と音数律から「おほやね」と読むことも考えられる。

大正七年三月十四日　成瀬金太郎宛　本書簡は所在不明であったものが、二〇一四年に再発見され、秀明大学の学園祭を機会として公開された。図録「宮沢賢治展　新発見資料と『春と修羅』ブロンズ本」（二〇一四年一一月八日刊）により校訂した。詞書の「祈」の字は、糸偏で記されているが、誤記を正した。

既刊訂正一覧

第二巻　325頁二行目　手入れが残されており、　↓　手入れは残されていない。
　　　　三行目　本文はその最終形態　↓　本文は発表形

第六巻　136頁一四行目　向う　↓　向こう
364頁三行目　「中《あた》っても」（94頁）　↓　中《あだ》っても（94頁）
〃　　詩集本文では「中っでも」　↓　詩集本文では「中《あだ》つでも」
365頁一七行目　該当箇所にママ　↓　該当箇所に＊印

第八巻　59頁「春」二行目　夜見来　↓　夜見来《よみこ》
391頁一七行目　と思われ、　↓　と思われるが、文語詩「峡野早春」に自筆ルビ「よみこ」がある。由来説には
391頁一八行目　他に「よみこがわ」の案も　↓　他に案も

宮沢賢治《みやざわけんじ》コレクション10

文語《ぶんご》詩《し》稿《こう》・短歌《たんか》——詩《し》V

二〇一八年三月十五日　初版第一刷発行

著　者　宮沢賢治《みやざわけんじ》

発行者　山野浩一

発行所　株式会社　筑摩書房
東京都台東区蔵前二—五—三　郵便番号一一一—八七五五
振替〇〇一六〇—八—四一二三

印　刷　明和印刷　株式会社

製　本　牧製本印刷　株式会社

乱丁・落丁本の場合は左記宛にご送付ください。送料小社負担でお取り替えいたします。ご注文、お問い合わせも左記へお願いいたします。
筑摩書房サービスセンター
〒三三一—八五〇七　埼玉県さいたま市北区櫛引町二—六〇四
電話　〇四八—六五一—〇〇五三

ISBN978-4-480-70630-0 C0392

たそがれ思量惑くして　一行目の「惑く」は難読。第7巻「本文について」の三三九頁「異途への出発」の項を参照して「くら」くを選んだが、未だ検討の余地が残る。

悍馬〔一〕　一行目の「縛」は草稿では「縄」であった。賢治は「縄」を縛る意に用いることがあるが、字義を踏まえて校訂した底本に従った。なお、六行目の「血馬」も難しい語。血統馬などの意で用いられているかとも思われるので、読みは「けつば」でよいか。

月のほのほをかたむけて　一行目の「杵」は、方言では「きぎ」ともいう。四行目「十」の読み「そ」は古語。「と」でもよい。

氷柱かゞやく窓のべに　一行目「獺」の読みは「かわうそ・をそ・だつ」等だが、定型律を勘案して「うそ」を選んだ。

来賓　四行目「しやうふ」は「正麩（生麩）」のこと。

きみにならびて野にたてば　五行目「草」は草稿では「艸」が用いられていたが、通行の「草」に改めた。以下この校訂については繰り返さない。

林の中の柴小屋に　二行目の「眼」は「め・まなこ・まみ・がん・げん」など、さまざまに読める。ここは「まみ」か。四行目の「刈敷」は方言では「かつちぎ」とも。

水霜繁く霧たちて　一行目の「濡」のルビ「そほ」は草稿での原ルビ。「そぼ」とも読む。四行目の「雉子」は定型律を勘案して「きじ」の古名「きぎす」を選んだ。

雪の宿　二行目の「峡」は「かひ・けふ」ともに可。

萎花　題「萎花」は音読み「ゐくわ」も可。八行目の「頬」は「ほほ・ほ」ともに可、ここは「ほ」を選んだ。以下は時々に従う。

秘事念仏の大師匠　八行目の「舩」は「ふなばた・ふなべり」ともに可。
瀑雨　一行目の「瀑雨」は「驟雨」に同じ。「かだち」は方言。第8巻「本文について」の三九一頁「七二八〔瀑雨はそそぎ〕」の項を参照。
僧の妻面膨れたる　一行目の「膨」は先駆形には「は」の原ルビがある。これを生かせば「おも／おもてはれたる」となろうか。定稿ではルビが付されていない。定型律を勘案して「おもふくれたる」と読むことを選んだ。
玉蜀黍を播きやめ輪にならべ　一行目の「玉蜀黍」は「たうもろこし・たうきび・きび・きみ」の使用例がある。定型律を勘案して「きみ」を選んだ。
残丘の雪の上に　二行目の「サラア」は俸給生活者（サラリーマン）の意〔第8巻「本文について」三九二頁「一〇三九〔うすく濁った浅葱の水が〕」参照〕。なお「女」のルビ「ひと」は草稿での原ルビ。

文語詩稿　一百篇

母　五行目の「萱」は作者の草稿では「萱」の字体が用いられているが、通行の「萱」に統一した。以下この校訂については繰り返さない。
南風の頬に酸くして　三行目の「蘇」は難解の語。とる・かきあつめる・よみがえらせるといった語義がある。
けむりは時に丘丘の　八行目の「無色」は仏教語。「色《しき》」とは形あるもの。「無色」は形を越えるものや次元といったことを示す。
心相　四行目の「鷲王」は仏の三十二相のひとつを指す。

かれ草の雪とけたれば　四行目の「濁酒」は、濁《にご》り酒《ざけ》のことだが、「濁り酒密造」のことを略して「濁《だく》密《みつ》」と呼んで取り締まる対象としていたことと同様に、音読みもした（参考、第5巻所収「税務署長の冒険」）。定型律も勘案して「だくしゆ」を選んだ。

早春　四行目の「真言」は「まこと・しんごん」いずれも可。真理、仏のことば。

林館開業　五行目の「輩」は「はい」を選んだが「やから・ともがら」もありうる。

車中〔二〕　一行目の「掘」は作者の草稿では「堀」が用いられているが、通行の文字に改めた。以下同様。

開墾地落上　一行目の「高清」は屋号・通称であろう。「たかきよ・たかせい」とでも読むか。

公子　一行目の「臘」は難解。「臘梅《ろうばい》」で「からうめ」を指すが、季節が合わないため、思い違いの可能性もある。なお、「あんず」のことを方言で「からうめ」というところがあるので、あるいは参考になるか。

巨豚　二行目の「里長」は「さとをさ・りちやう」ともに可。定型律を勘案して「りちやう」を選んだ。

ひかりものすとうなゐごが　二行目の「高甲」は屋号・通称か。

塀のかなたに嘉菟治かも　一行目の「嘉菟治」は友人の音楽教師藤原嘉藤治の名のもじり。

羅紗売　題名「羅紗」は草稿では「羅沙」であったが、通行の表記に改めた。以下この校訂については繰り返さない。

臘月　一行目の「嗽」の読みは「くちすす」ぎだが、前後の意味と音律を勘案して「すす」ぎを選んだ。

牛　三行目の「焦き」の「焦」の読みは「こ」だが、ここでの読みは不明。字義（火であぶる、こがすなど）から「や」きと読ませるかもしれない。

日本球根商会が 四行目の「風信子」は「ふうしんし」とも。

西のあをじろがらん洞 一一行目の「斑」は「はん・まだら・ぶち・ふ」などと読むが、定型律を勘案して、「ふ」を選んだ。

文語詩未定稿

隅田川 八行目の「芦生え」は、草稿では「芦生へ」（下書き稿での「芦原の」を「芦生への」に手入れ）だが、誤記とみて校訂した。

しののめの春の鴇の火を 一一行目「潮騒ゐ」は作者の草稿では「潮騒え」であったが、誤記と見て校訂した。以下この校訂については繰り返さない。

幻想 一九行目の「階」（かい・はし・はしご・かさなりなど）は、作者の草稿では「楷」であったが、誤記と見て校訂した。

鷺はひかりのそらに餓ゑ 一行目の「餓ゑ」は作者の草稿では「餓え」であったが、誤記と見て校訂した。

月天讃歌 一行目の「兜」は草稿では独自の異体字が用いられていたが、通行の字体に校訂した。

病中幻想 二行目の「騰」は「のぼ」りとも読む。

宗谷（二） 二七・三三行目の「潰ひ」は難読。「つぶ」れるの意以外に考えつかないが、方言を含め「ひ」を送る読みが見あたらない。やむなく「つぶ」と読んだ。

不軽菩薩 一一行目の「汝等」は、一般的には「なんぢら」だが、法華経の伝統的な訓読では「なんだち」である。法華経の常不軽菩薩品を踏まえていることが確かなので「なんだち」を選んだ。